―――― 阅读之前 没有真相

午夜文库

约翰·迪克森·卡尔
亨利·梅里维尔爵士系列

约翰·迪克森·卡尔和阿加莎·克里斯蒂、埃勒里·奎因并称"推理黄金时代三大家",独以密室题材构思见长,一生设计出五十余种不同类型的密室,被誉为"密室之王"。

卡尔,一九〇六年十一月三十日出生于美国宾夕法尼亚州,青少年时期就着迷于不可能犯罪,对他影响最大的是G.K.切斯特顿和杰克·福翠尔。在巴黎索邦神学院(巴黎大学前身)留学期间,卡尔出版了以法国警探亨利·贝克林为主角的长篇处女作《夜行》。

一九三三年,卡尔出版基甸·菲尔博士系列首部作品《女巫角》。第二年他以笔名卡特·迪克森发表《瘟疫庄谋杀案》,亨利·梅里维尔爵士登场。这两个系列成为卡尔最具代表性的作品。三十年代是卡尔创作生涯最多产的时期,其中《三口棺材》《扭曲的铰链》(旧译《歪曲的枢纽》)和《犹大之窗》被后世评论家归入"卡尔的经典代表作"。特别是一九三五年出版的《三口棺材》以经典的"密室讲义"和"双重密室"成为推理史上不可能犯罪小说的巅峰之作,至今仍难以超越。

卡尔笔下的密室第一神探基甸·菲尔博士,是一个胖胖的字典编纂者,走路要拄两根拐杖,喜欢穿斗篷,抽着海泡石烟斗,个性相当和蔼可亲。他有着敏锐的观察力,善于分析罪犯的心理,出场代表作除《三口棺材》《扭曲的铰链》外,还有《阿拉伯之夜谋杀》《绿胶囊之谜》《耳语之人》等。亨利·梅里维尔爵士比菲尔还要古怪——大大的秃脑袋、奇怪的表达方式,加上不修边幅的外表。他的职业是律师兼医生,登场作品有《独角兽谋杀案》《犹大之窗》《女郎她死了》等。卡尔的作品风格以不可能犯罪为核心骨架,情节布局复杂、谋杀手法奇特、充满戏剧性和哥特式氛围。二十世纪五十年代后,卡尔的健康状况始终不好,影响其创造力的发挥,作品水准有所下降。

一九五〇年和一九七〇年,卡尔先后两次获得美国推理作家协会(简称MWA)的埃德加·爱伦·坡特别奖。一九六三年,MWA一致同意向卡尔颁发"终身大师奖",这是推理界的最高荣誉。

一九七七年二月二十七日,卡尔因病去世。当今,仍有不少推理小说作家在创作密室题材作品时会表达对卡尔的敬意。因为,只有约翰·迪克森·卡尔才配得上真正的"密室之王"。

约翰·迪克森·卡尔重要作品年表

基甸·菲尔博士系列

1933 女巫角 (Hag's Nook)

1935 三口棺材 (The Three Coffin)

1936 阿拉伯之夜谋杀案 (The Arabian Nights Murder)

1938 扭曲的铰链 (The Crooked Hinge)

1939 绿胶囊之谜 (The Problem Of The Green Capsule)

1940 失颤之人 (The Man Who Could Not Shudder)

1941 连续自杀事件 (The Case of the Constant Suicides)

1944 至死不渝 (Till Death Do Us Part)

1946 耳语之人 (He Who Whispers)

1947 菲尔博士率众前来 (Dr. Fell Detective and Other Stories)

1965 撒旦肘之屋 (The House at Satan's Elbow)

1968 月之阴 (Dark Of The Moon)

亨利·梅里维尔爵士系列

1934 瘟疫庄谋杀案 (The Plague Court Murders)

1935 红寡妇谋杀案 (The Red Widow Murders)

1935 独角兽谋杀案 (The Unicorn Murders)

1937 孔雀羽谋杀案 (The Peacock Feather Murders)

1938 五盒之谜 (Death In Five Boxes)

1938 犹大之窗 (The Judas Window)

1939 警告读者 (The Reader is Warned)

1943 女郎她死了 (She Died a Lady)

1953 骑士之杯 (The Cavalier's Cup)

亨利·贝克林系列

1930 夜行 (It Walks By Night)

1931 骷髅城堡 (Castle Skull)

1931 失落的绞架 (The Lost Gallows)

1932 蜡像馆之尸 (The Corpse In The Waxworks)

1937 四种错误武器 (The Four False Weapons)

约翰·迪克森·卡尔重要作品年表

非系列

1937 燃烧的法庭 (The Burning Court)

1942 皇帝的鼻烟壶 (The Emperor's Sniff-Box)

1954 福尔摩斯的功绩 (The Exploits of Sherlock Holmes)

1954 第三颗子弹 (The Third Bullet and Other Stories)

1957 火焰,燃烧吧! (Fire, Burn!)

1964 破解奇迹之人 (The Men Who Explained Miracles)

1972 饥饿的哥布林 (The Hungry Goblin)

女郎她死了
She Died a Lady

[美] 约翰·迪克森·卡尔 著
王雪妍 译

新 星 出 版 社　NEW STAR PRESS

第一章

瑞塔·韦恩莱特年仅三十八岁，是个富有魅力的女人。她的丈夫亚历克，要比她年长至少二十岁。瑞塔在度过那段心神不宁的危险岁月时，遇到了巴里·苏利文。

至于我，很遗憾，我是那个最后才注意到当时发生了什么的人。

家庭医生处在一个拥有特权又十分为难的境地。他几乎知晓一切。他尽可以宣扬各种说教之辞。但这样做的前提，是人们要先来问询他的意见，而且他不能与其他人商讨。一个爱说长道短的医生是令人厌恶的，即便在这个年代也是如此。

当然，这些日子我已经不再那么活跃。我的儿子汤姆医生——我是卢克医生——接手了大部分工作。我再也不能半夜起床，在北德文区①糟糕的公路上开上几十英里的车去出诊，而这正是汤姆的骄傲之处和乐趣所在。他生来就该是一位乡村医生，和我一样，他深爱这份工作。每当汤姆去给患者看病的时候，他总会用专业的医学术语告诉病人他们哪里出了问题。这会给病人留下深刻印象，并让他们感到满意。这对职业生涯刚刚起步的汤

---

①北德文区（North Devon），位于英格兰西南部德文郡（Devonshire）的北部的非都市区。

姆来说，是一种鼓励。

"恐怕，"汤姆会用他特有的严肃语气说，"您的症结在于……"然后就是脱口而出的拉丁文，顺畅而流利。

的确，有一些病人还是坚持要我来为他们看病。这仅仅是因为：比起医术精湛的年轻人，还是有许多人更愿意听从冷漠但年长医生的意见。我年轻的时候，没有人会信任一位不蓄胡子的医生。类似的观念如今依旧存在于一些小的群体之中，比如我们这里。

位于北德文区海岸的莱康姆①村，从那时起，就变得臭名昭著。即使是在写下这些文字的此刻，我依然心存震惊和讶异，但我还是必须要完成它。正如你或许知晓的那样，莱茂斯②是一个海边度假胜地。从那里爬上陡峭的小山，或者乘坐索道，可以抵达悬崖上的莱顿③。沿坡再向上，就是莱布里奇④；然后，在道路渐趋平缓、与埃克斯穆尔⑤的荒野交汇前的地方，就是莱康姆。

亚历克和瑞塔·韦恩莱特住在距莱康姆稍远的大宅里。他们与世隔绝，方圆四英里内不见人烟。但瑞塔有一辆车，似乎对这种距离毫不介意。那是个很漂亮的地方，只是有些潮湿，风有点大：这个名为"休憩之地"⑥的大宅有座后花园，这座花园的范围几乎延伸到了悬崖边缘。这里有个十分浪漫的被称作"爱人之跃"的海岬。其下七十英尺处的海浪在岩石上碎成泡沫，深不可测的潮水汹涌而来，宛若恶魔。

---

①莱康姆（Lyncombe），地名。词中的"combe"一般指陡深入海的峡谷。
②莱茂斯（Lynmouth），位于英格兰西南部德文郡的村落。
③莱顿（Lynton），位于英格兰西南部德文郡北德文区的海边小镇。
④莱布里奇（Lynbridge），地名。
⑤埃克斯穆尔（Exmoor），大致位于英格兰西南部，萨摩赛特郡（Somersetshire）西部和北德文区的沿海沼泽山区，今为国家公园。
⑥休憩之地，原文为法语"Mon Repos"。

我曾经很喜欢瑞塔·韦恩莱特，现在依然喜欢。在她充满艺术气息的外表下，是一颗真正善良的心。仆人们都很崇拜她。她或许有些反复无常，但她所到之处，你都能感受到她的生命力。没人能否认她是个漂亮的女人：有着富有光泽的黑发，茶色的肌肤，引人注意的眼睛，以及焦虑感十足的紧张举止。她还写过诗，似乎应当拥有一位年轻一些的丈夫才是。

相比而言，亚历克·韦恩莱特则像个谜，尽管我跟他很熟，而且常常在星期六晚上去他那里打牌。

亚历克的头脑在六十岁时开始变得迟缓，这也影响了他的习惯和举止。他的殷实都来自辛勤工作。他曾是一位数学教授，与瑞塔在加拿大成婚八年后，开始在麦克吉尔大学授课。他个子不高，体格壮实，声音温柔，看起来总是心事重重，从年轻人的角度来看，瑞塔选择他实在有点奇怪。但他确实——至少是在境况崩坏前——十分有幽默感。他讲话妙语连珠。而且他真的很喜欢瑞塔，并且十分热衷给她买钻石。

即便是在这一切发生之前，亚历克的酗酒成性已是个大问题。我不是说他喝起酒来很吵，或者令人讨厌；恰恰相反，你几乎察觉不到他在喝酒。每晚，他都会安静地喝下半瓶威士忌，然后安静地去睡觉。他在自己的壳里越藏越深，像一只刺猬一样蜷缩着。然后便是战争的突然降临。

你记得那个温暖的星期日上午吗？九月的阳光倾洒于万物，收音机里传来了通告声。当时我独自在家，还穿着晨衣。"我们正处于战时状态。"那个声音似乎填满了整间屋子。我的第一反应是："好吧，又来了。"大脑还有点空白。随即心想："汤姆也要参战吗？"

有那么一会儿，我只是坐着，盯着自己的鞋。我在上场战争里身处前线时,汤姆的妈妈劳拉去世了。当时他们放着《如果你是这世上最后一个女孩》①这首歌,现在有时候听到这首歌,我的眼睛还是会泛酸。

我起身,穿上外衣,走向高街。我们的花园里正在上演一场紫菀花的盛放,菊花也冒着骨朵儿。路对面,"教练与骏马"酒吧的哈利·皮尔斯正准备开店,你能听到一片安静中摩擦碰撞的门声,也有摩托车沿着街道缓慢驶来的噪声。

是瑞塔·韦恩莱特,她驾驶的那辆捷豹SS在阳光下闪闪发光。瑞塔穿着合身的花朵样式的衣服,显得身材凹凸有致。她踩了刹车,停下车,像只猫一样柔软地伸展身体。她旁边坐着亚历克,穿着旧旧的西服,戴着巴拿马帽,看起来蓬头垢面又无精打采。这让我有些惊讶:他看起来是那样苍老,甚至充斥着死亡的气息,尽管他的言辞还是那么温柔。

"唉,"亚历克平静地说,"就这么发生了。"

我也承认事实如此。"你听过那段演讲了吗?"

"没有,"瑞塔答道,她看起来似乎是在压抑着某种兴奋,"是帕克尔太太跑到路上告诉我们的。"这对棕色的眼珠和那耀眼的眼白,看起来十分困惑,"这看起来不太可能啊,难道不是吗?"

"我受够了,"亚历克轻声说道,"人类的愚蠢。"

"但愚蠢的不是我们,亲爱的。"

"你怎么知道不是?"亚历克问。

路前方十几英尺远的路边,有扇门开了一条缝,是莫莉·格

---

① 《如果你是这世上最后一个女孩》(*If You Were the Only Girl in the World*),为首演于1916年4月19日的音乐剧《一群男孩》(*The Bing Boys Are Here*)的选段。由耐特·艾尔(Nat D. Ayer)作词,克里夫德·格雷(Clifford Grey)作曲。

兰杰出来了,还有一位我从未见过的年轻男士和她一起。

莫莉是我最喜欢的人之一。她是个二十多岁的漂亮姑娘,率直而感性。她继承了母亲的蓝色眼睛和顺滑头发,以及她父亲的务实。但我们中的大多数,至少是瑞塔,都先看向了那个陌生人。

我必须要承认这是一位十分俊美的年轻男士。他的外貌隐约让我感到熟悉,在心里搜寻比对半天,我终于确认,他长得像一位电影明星,但却不那么带有攻击性。他很高大,身材健壮,笑声悦人。他茂密的头发梳成偏分,像瑞塔的头发一般乌黑发亮。他容貌帅气,有着一双明亮而好奇的眼睛。他跟莫莉差不多大。比起我们单调乏味的着装,他穿着宽松的奶油白西装,打着一条有些出挑的领带。

那一定就是火花跃上导火索的时刻。

瑞塔喊道:"你——好!莫莉!有听到什么消息吗?"莫莉犹豫了一下。很容易猜到这犹豫背后的原因,瑞塔最近和莫莉的父亲,也就是韦恩莱特家的律师,大吵了一架。但他们都在刻意忽略着这个事实。

"有啊,"莫莉说,她眉头皱了一下,"很惨烈,不是吗?请允许我介绍一下……这是韦恩莱特太太,这位是韦恩莱特教授,这是苏利文先生。"

"巴里·苏利文。"那个新面孔解释道,"很高兴认识你们。"

"苏利文先生,"莫莉有些画蛇添足地补充道,"是位美国人。"

"真的吗?"瑞塔大叫,"我来自加拿大。"

"是吗?加拿大的哪里?"

"蒙特利尔。"

"我对那里很熟!"苏利文先生靠在车门上,如此宣告着。

但他靠在车门上的手滑了一下，于是他后退了一步站稳。瞬间，他和瑞塔都变得有些局促。瑞塔那时三十八岁，正值最好的年纪，她那成熟的美像火一样燃烧。而这个二十五岁的男孩则令我生厌。

如果不是脑海中充满千头万绪，或许我们所有人都本能注意到更多。就我自己来说，我后来完全忘记了年轻的苏利文。尽管他停留在此的两个星期里，和韦恩莱特夫妇一起度过了大部分时间；但我再次见到他的时候，已经是几个月之后了。

原来，他当时真的是一位十分有前途的演员。他住在伦敦，是来莱康姆度假的。他和瑞塔一起游泳——他们两个都很擅长游泳，和瑞塔一起打网球；给瑞塔拍照，也被瑞塔拍；与瑞塔一起在岩石谷散步。亚历克也很喜欢他，或者至少因为这位年轻人的出现，他不再那么无精打采。我猜一定有过不少流言蜚语，尤其是在他冬天偶尔来拜访他们的时候。但我什么都没听说。

让人感到十分罪恶的一点是，一九三九年到一九四〇年的那个冬天，我们都过得很快乐。我因为糟糕的天气而不再去拜访韦恩莱特夫妇，也因此失去了他们的音讯。汤姆整日开着他的福特车在路上奔波，做着五人份的工作。而我烤着火，偶尔有一两个病人，试图正儿八经地过退休生活。在有心脏病的情况下，你很难在六十五岁的时候依然蹦蹦跳跳。但我听说亚历克·韦恩莱特深受战争的影响。

"他成了一个新闻狂魔，"有人这么对我说，"他在'斯佩思和明斯戴德'酒吧的账单已经——"

"新闻狂魔？什么意思？"

"他会在八点打开收音机听新闻，下午一点把同样的公告内容又听一遍，然后六点一遍，九点再一遍，午夜还有一遍。他瘫痪般地蜷在收音机前。真搞不懂他到底怎么了？有什么好担心的？"

一九四〇年五月十日这天，我们终于明白了。

那是一段让人困惑的日子。纳粹的坦克如同松散的黑色甲壳虫队伍一般在地域间穿行。你几乎可以闻到来自战场另一边的末世般的硝烟味道。我们处于蒙昧状态，无法分清何为对错。茫然中，巴黎沦陷，一切秩序轰然倒塌。那种感觉如同发现伴你成长的所有课本说的其实都是谎话。我不必再去形容那段日子。但是在五月二十二日这天，英吉利海峡的港湾备受威胁之际，瑞塔·韦恩莱特给我打来了电话。

"卢克医生，"那个悦耳的女低音说，"我很想见您，很想。"

"没问题。我们最近几天找个傍晚一起打牌吧，好吗？"

"我的意思是，我需要您帮忙看病。"

"亲爱的，你是汤姆的病人。"

"我不在乎。我想要见的是你。"

（汤姆，我知道，他一向不怎么喜欢瑞塔。她确实总是喜欢把事情夸大，这恰恰是一个总在刨根问底的医生最讨厌的事。汤姆对此难以容忍，还说过，这个讨厌的女人让他无法集中精神。）

"我能来找你吗？现在？"

"如果你坚持要来的话，当然可以。从问诊室的侧门进来吧。"

我完全不知道发生了什么。她进门的时候，带着蔑视与一丝歇斯底里，用力关上了门，以至于门上的玻璃都在震颤。而她又前所未有的帅气。她身上自有一种厚重的丰盛之感，她闪耀的眼睛和脸颊上那一抹自然的红色，让她看起来更像二十八岁，而不是三十八岁。她穿着白色的衣服，涂着猩红色的指甲油。她在一把旧椅子上坐下来，跷起腿，说了一番出乎我意料的话：

"我跟我的律师大吵了一架。肯定没有牧师能这么做。我也不认识其他医生。您一定要……"

瑞塔停住了话。她的目光摇摆着，似乎难以下定决心的样子。她双唇紧闭，那犹豫不决的样子像是在承受某种身体上的疼痛。

"一定要怎么？我亲爱的。"

"一定要给我开些安眠药。"她改变主意了，毫无疑问。这绝非她最初的请求。但她升高了音调，"我是认真的，卢克医生！您不给我开的话，我会疯掉的。"

"你觉得你的问题在哪儿？"

"我睡不着！"

"好吧，但你为什么不去找汤姆解决？"

"汤姆动作太慢了。而且只会教训我。"

"那我就不会吗？"

瑞塔微笑了一下。三十年前的我，看到这个笑容一定会改变主意。但那已是过去。这笑容消泯了她那双棕色眼睛眼角上的精致线条，呈现出所有情绪背后的魅力和她迷迷糊糊却善良美好的本质。然后这抹笑容消失了。

"卢克医生，"她说，"我无可救药、不能自拔地爱上了巴里·苏利文。我已经，已经跟他上过床了。"

"亲爱的，你的表情已经告诉了我这一切，我并不意外。"

这话让她后退了一步。

"你是说你看得出来？"

"从某种程度上，是的。但这不重要，请继续。"

"我以为你会大吃一惊。"

"我并不为此惊讶,瑞塔,但它却像恶魔一样让我感到担心。已经多长时间了?我是说,那件律师们会称为亲密行为的事。"

"上……上一次是昨晚。巴里借宿在我们家,他来了我的房间。"

毫无疑问,"担心"是一种温和的说法。我感到一阵心绞痛,这是个糟糕的危险信号,所以我闭上眼睛,缓了一会儿。

"那亚历克呢?"

"他还不知道,"瑞塔迅速回答,眼神再一次游移起来,"这些日子,他似乎什么都注意不到。但无论如何,我怀疑,就算他知道了,也不会在乎。"

(危险信号再次袭来。)

"人们能注意到的远比你想象中的要多,瑞塔。为了对亚历克公平起见……"

"你难道觉得我不懂吗?"她大叫起来。这叫声击打在我的神经上,"我喜欢亚历克。这不是谎言或者假装:我真的很喜欢亚历克,我是绝不会伤害他的。如果他介意这一切的话,我是无法面对的。但你不明白。这不仅仅是一种迷恋,或者,或者一种肉体关系。"

(我亲爱的,事实恰好相反。但你可能更加相信自己说的才是事实,所以就先这样吧。)

"这份感情是真实的。是我的生命,是我存在的全部意义。我知道你要说什么。你要说跟我比,巴里太年轻了。这没错,但是他并不在乎。"

"是的。巴里先生怎么看这一切?"

"请不要用这样的语气谈论他。"

"怎样的语气?"

"'巴里先生',"瑞塔模仿着我,"像个法官一样。他想去向亚历克坦白。"

"然后呢?你们打算离婚?"

瑞塔深呼吸了一下,不耐烦地晃动了身体。她环顾打量了一番这间小小的问诊室,好像这是监狱一般。我想她此刻肯定也有身处监狱的感觉。这不是某种表演,或者故作扭捏。这位优雅且相当聪颖的女人的所言所思,开始像个十八岁的女孩一样。眼神飘忽之时,瑞塔的手指也一直缠在她白色的手提包带上。

"亚历克是天主教徒,"她说,"你难道不知道吗?"

"实际上,我并不知道。"

这双紧张的眼睛固定在了我身上。

"即便我想离婚,他也不会答应的。但是,你知道吗,这并不是重点。更重要的是,要去伤害亚历克的这个念头。我不敢去想,如果我告诉了他一切,他脸上会有怎样的表情。他一直以来都对我那么好。他老了,找不到其他能陪伴他的人。"

"是的,正是如此。"

"所以不管离婚与否,我都不能就这么跑掉,这么抛下他。但我也无法放弃巴里,我不能!你不能理解这种感觉。卢克医生!巴里恨透了这种秘密恋情,我也是。他不会永远等我的。还有,如果我拖得更久一些,不知道会发生什么。真是一团糟。"她看着天花板的一角,"如果亚历克忽然死了,或者什么的……"

这种突如其来的想法,让我不寒而栗。

"你,"我问,"打算怎么做?"

"但事实就是如此!我不知道!"

"瑞塔,你们结婚多久了?"

"八年。"

"之前发生过这种事吗?"

她的眼睛转了一下,眼神愈加无辜起来,带着强烈的恳切。"从来没有,卢克医生!我发誓从来没有!这也是为什么,我感到如此确定,这是种真实的——你知道,强烈的激情。我在书里读过,甚至自己也写过,但我从来都不知道它是怎样一种感受。"

"假设你真的跟这个家伙私奔了……"

"我不会这么做的,我告诉你!"

"别介意,只是假设。你要怎么生活?他有钱吗?"

"恐怕不多。但是——"瑞塔再一次在向我吐露什么的边缘踌躇了,也再一次,可悲地决定保持缄默。她在紧闭的嘴唇下咬紧牙关,"我的意思不是说这个想法不现实。但是为什么要现在这种时候考虑这种事呢?我担心的是亚历克。一直都是亚历克,亚历克,亚历克,亚历克!"

她打开了话匣子。这段夸张的对话中,最危险的事莫过于她所说的每句话都是认真的。

"他的脸就像鬼魂一样,不停出现在我和巴里之间。我希望他快乐,可是我们没有一个人会快乐。"

"告诉我,瑞塔。你是否爱过亚历克?"

"是的,从某种程度上来说,爱过。我最初认识他的时候,他魅力十足。他曾经叫我桃乐丝[①]。你知道吗,就像斯温伯恩[②]诗歌里的桃乐丝那样。"

"那现在呢?"

"呃。他从来都不会打我骂我。但是——"

[①]引自英国诗人阿尔加侬·查尔斯·斯温伯恩的诗作《桃乐丝》(*Dolores*)。
[②]阿尔加侬·查尔斯·斯温伯恩(Algernon Charles Swinburne, 1837—1909),英国诗人、剧作家和文学评论家。

"距离你上次和亚历克有肢体上的亲密接触有多久了？"

她的表情变得沉重悲哀起来。

"我一直在告诉你的是，卢克医生，不是你想的那样！我和巴里的这段恋情是完全不同的。这像是一种精神层面上的重生。请不要再用手来回揉你的额头，也不要坐在那儿，仰着头，透过你的眼镜看我了！"

"我只是……"

"这是一种我无法解释的东西。我可以在巴里的艺术事业上给予他帮助，他也可以为我提供帮助。有天他会成为一位伟大的演员。我这么说的时候他总会笑我，但这是事实，而且我可以帮助他。但不管怎样，这都不能解决我现在的问题。我快要疯了。我需要你的建议，当然了，尽管我也早就知道这个建议会是什么。但我最想要的还是能让我安睡的药物，哪怕只有一晚也好。拜托你，能不能给我一些能让我睡着的东西？"

十五分钟后，瑞塔离开了。我站在那里，看着她沿着月桂篱笆之间的小路走下去。抵达大门之前，她曾查看她的手提包，好像在确认某样东西的位置。讲述自己故事的过程里，她一直处在歇斯底里的边缘。如今情绪已平息。你可以从她触碰和捋顺自己头发的方式，从她双肩的形态中，看到某种幻梦，以及某种挑衅。她迫不及待要回家，回到"休憩之地"，回到巴里·苏利文身边。

第二章

六月十三日,一个星期六的傍晚,我出发去韦恩莱特家玩牌。

那天乌云压顶,雷声轰鸣。似乎一切都在越绷越紧,逐渐临近崩溃或转折点。法国投降了;希特勒占领了巴黎;一队组织松散、手无寸铁的英国士兵挣扎着回到了祖国,筋疲力尽,在沙滩上休息疗伤,准备再次作战。可我们依然保持着愉快的心情,我同其他人一样,充满乐观。"我们团结一致,"我们说,"一切都会好起来的。"——上帝知道为什么。

即便是在我们莱康姆这个小世界里,悲剧的迫近也已如同叩门声一般清晰。瑞塔来过的第二天,我在与汤姆的对话中更多地了解了关于韦恩莱特和苏利文的这段恋情。

"这会生出丑闻吗?"汤姆回应道,他正在为早上的出诊收拾医药箱里的预备器具,"会有丑闻吗?这已经是天大的丑闻了。"

"你是说村子里已经有人在谈论了吗?"

"整个北德文区都在谈论。如果不是正在打仗的话,这将是所有人讨论的唯一话题。"

"那为什么没人告诉我?"

"我亲爱的长官,"汤姆用他那令人恼火的温柔语气说道,

"你连自己眼前的东西都看不到。而且也从来没有人会跟你聊八卦。你肯定不会感兴趣的。让我扶你去椅子上坐下。"

"免了吧，先生，我还不至于腿脚不灵便到那个地步。"

"那倒是，但是你要小心你的心脏，"我那总是一本正经的儿子说，"反正，"他狠狠地合上了药箱，补充道，"做了这种事，还指望着没人会发现，这真是让我崩溃。那个女人绝对是疯了。"

"流言……都是怎么说的？"

"噢，说韦恩莱特夫人是个魔女，迷住了一个天真无邪的年轻人。"汤姆摇了摇头，抖擞了一下精神，准备要说教两句，"这在医学上和生物学上都讲不通，顺便说一句，你知道——"

"我明白不少人生道理，年轻人。你能来到这个世界上就是这一点的证明。这么说，他得到了所有人的同情？"

"如果你称之为同情的话，是的。"

"巴里·苏利文是个怎样的人？你知道吗？"

"我没见过他，但大家说他是个十分体面的人。出手阔绰，典型的美国佬之类的。说到底，就算他和韦恩莱特夫人一起谋杀了那个老头儿，我也不会感到意外。"

汤姆用自认英明和自命不凡的语气给出了这番评价。其实这话他自己也不相信，他只是在陈述自己的想法或者说幻想。可这还是与我的想法如出一辙，尖锐而令人不快，我以作为父亲该有的方式回应道。

"胡说！"我说。

汤姆的脚跟晃动了一下。

"你这么觉得？"他郑重地说，"看看汤普森和贝沃特斯。莱邓伯里和斯通纳。看看……呃，肯定还有很多相似的例子。一个中年妇人爱上了一个天真的年轻人。"

"你有什么立场说天真的年轻人?你自己也不过三十五岁罢了。"

"他们都是怎么做的?"汤姆质问道,"没有一个人做了合乎情理的选择,比如离婚。不。他们犯傻杀了丈夫。十个里面有九个会这样做。可别问我为什么。"

(跟他们其中的一个——也就是我的好朋友——聊一聊,看看他谈到这个时,是如何青筋暴起,大脑混沌,自控力消解,也许你就会明白。)

"我可不能在这儿继续聊八卦了,"汤姆接着说道,双脚在地板上跺了跺,拿起他的药箱。他身材魁梧,毛发浓密,就像我年轻时那样,"我要去埃克斯穆尔那边看一个有趣的病人。"

"连你都说有趣,一定是个非常特别的病人。"

汤姆咧嘴一笑。

"有趣的不是病情本身,而是这个人。一个叫梅里维尔的老头儿,亨利·梅里维尔爵士①。他正和保罗·费拉尔一起住在瑞德农场。"

"他怎么了?"

"大脚趾骨折。他本来想搞点什么恶作剧——猜不出会是怎样的恶作剧——结果把大脚趾弄折了。去听他说说话也是值得的。我打算让他在轮椅上坐六个星期。但如果你想知道更多韦恩莱特夫人最新的不伦故事……"

"我正有此意。"

"好。我看看能不能从保罗·费拉尔那里听到一些什么。当然了,我会谨慎的。他肯定很了解她,他一年多前为她画了肖

---

① 亨利·梅里维尔爵士(Sir Henry Merrivale),后文有时会以 H.M. 的缩写表示(与原文一致)。

像。"

但我还是以不道德为由拒绝了,还好好教育了汤姆一番。所以我等了一个多月,等待来自世界各地的消息在耳边聚集,人们讨论了好一阵子希特勒。而巴里·苏利文,据我所知,已经回了伦敦。我开车去探望过瑞塔和亚历克一次,但是女佣说他们当时正在曼海德①。之后,在那个阴云密布的星期六早上,我遇到了亚历克。

任何人看到他身上发生的转变都会大吃一惊。我在莱康姆和"休憩之地"之间的悬崖小路上遇到了他。他正在漫无目的地、缓慢而笨重地踱步,双手紧扣,背在身后。即便离得很远,你也依然能看到他的头从一边晃到另一边。他没戴帽子,风吹过他稀疏的灰发,拍打着他那件旧羊驼毛大衣。

亚历克·韦恩莱特尽管不高,却拥有宽阔壮实的肩膀。相比过去,他现在的身材缩水了不少。他的脸方方的,无甚特点。他脸上友善的表情,一簇一簇眉毛下的灰色眼睛,都变得十分模糊。他的面容并非是衰老或有了什么明显的改变;它只是失去了所有表情,他轻微抽搐着的眼皮正强调着这一点。

亚历克醉了,像是在梦中。我不得不冲他大喊。

"克罗利医生!"他清了清嗓子说。他的眼睛亮了一下。对亚历克来说,我不是"卢克医生",甚至不是简单的"卢克",我有正式的称呼,"见到你真好,"他又说道,继续清着嗓子,"我一直都想见你,打算要见你。但是——"

他做了一个含糊的动作,好像他当下想不起原因似的。

"到这边来。"他要求道,"到这个长椅边来。坐坐。"

---

①曼海德(Minehead),位于英格兰西南部萨默赛特郡的民政教区。

一股劲风吹来，我对亚历克说，他要是戴了帽子就好了。于是他稍微有点手忙脚乱地从口袋里翻出一顶旧棒球帽戴上。他在我身边坐下，依然十分沮丧地不停摇头。

"他们意识不到，"他轻声说，"他们意识不到！"

这句话让我转过了身，直到我听懂了他的意思。

"他要来了，他随时都会到。"亚历克说，"他有飞机，有军队，他有一切。可当我在酒吧这么告诉大家的时候，他们都说，'噢，天哪，闭嘴吧！让我们沮丧的事难道还少吗？'"

亚历克向后靠，慢慢交叠起两只笨重的胳膊。

"还有，你知道吗，从某些角度来说，他们对极了。但是他们意识不到。看这里！"这次他从口袋里找出的是一张被揉得皱皱巴巴的报纸，"看见这个东西了吗？"

"什么东西？"

"算了。标题说'华盛顿号'邮轮要来戈尔韦①接走所有想要回去的美国人。美国大使馆说这是他们最后的机会。这意味着什么？他们要入侵了啊。他们难道意识不到吗？"

他苦恼的声音逐渐变小。但听到这番话，只要是亚历克的朋友，都必定会看到一丝突如其来的希望。

"说到美国人……"我开始了。

"是的。我知道，我还有其他想要告诉你的事。"亚历克揉着他的额头，"是关于年轻的苏利文的，巴里·苏利文，你知道，不错的小伙子。我不知道你是不是已经见过他了？"

"他也要乘'华盛顿号'回美国吗？"

亚历克对着我眨了眨眼，做了几个潦草的手势。

---

①戈尔韦（Galway），位于爱尔兰（Ireland）西部的港口城市。

"不，不，不！我从没这么说过。巴里不会回美国的。恰恰相反，他又来拜访我们了。昨晚刚到。"

我想，这就是我开始觉察到我们正走向万劫不复的时刻。

"我想知道的是，"亚历克继续说道，语气中透着一丝微弱的真诚，"今晚要不要来家里打牌？就像从前一样。嗯？"

"那再好不过了。但是——"

"我还想邀请莫莉·格兰杰，"亚历克说，"你知道，律师的小女儿。年轻的巴里似乎对她很感兴趣，我为了他邀请她来过几次了。"亚历克凌乱地笑了一下，他十分渴望取悦别人，"我甚至还想过邀请保罗·费拉尔，住在瑞德农场的那个搞艺术的家伙，还有他的客人，也许是阿格尼斯·道尔。这样我们能凑两桌。"

"悉听尊便。"

"但是看起来，莫莉这周末似乎还不会从巴恩斯特普尔①返程回家。反正，瑞塔觉得如果只有我们四个人的话，会更舒服、更亲密一些。今晚女佣休息，所以人多的话可能会不方便。"

"当然。"

亚历克看向海面，眉间有几道皱纹。他下定决心要去取悦别人，尽管脑子里挤满了其他的事，他那要取悦别人的专注目的仍是如此明显、如此坚定，显得有些可悲。

"我们要多找找乐子，你知道。对，我们真的应该多找找乐子。多和年轻人待在一起。我觉得这对瑞塔来说很无聊。她说这对我不好，觉得我越来越病态了。"

"确实如此。还有，说实话，你要是还不停止酗酒的话——"

"我亲爱的朋友！"亚历克深吸一口气，用一种空洞且有些

---

① 巴恩斯特普尔（Barnstaple）：英格兰德文郡北德文区的城市。

被冒犯的震惊语气说，"你是说我喝多了吗？"

"不。现在没有。但是你每晚睡觉前都会灌下一品脱威士忌，你要是不停止这么做的话——"

亚历克又一次看向了大海。他双臂交叉，抚着手背上松弛的皮肤。他不停清着喉咙。但换了个语调——这使他的话听起来不再那么含混不清。

"不容易啊，你知道，"他说，"不容易。"

"什么不容易？"

"那些事情，"亚历克回答道，他在与自己角力，"经济问题，还有其他的。我有很多法国的证券，但不重要了。我们不能让时间回到……"说到这里，亚历克坐好，"我差点忘了。手表，我把手表忘在家里了。你知道现在几点了吗？"

"十二点出头吧。"

"十二点！天哪，我得回去了！新闻，你知道，一点的新闻。可不能错过新闻。"

他的焦虑如此有传染性，以至于我从口袋里掏出手表的手也跟着颤抖了起来。

"但是，朋友，现在不过十二点过五分而已！你的时间无比充裕！"

亚历克摇了摇头。

"不能冒错过新闻的风险，"他强调着，"我有车，当然了。我来散散步，把它停在路边了。但我还要以蜗牛的速度走回车里。我的关节僵硬了。那么，你不会忘记今晚的聚会吧？"他从长椅上起身，紧握着、甚至可以说是拧着我的手，用他曾经眼神锐利的灰色眼睛热切地看着我，"恐怕我不是一个很有意思的牌友，但我会努力的。或者我们可以玩些猜谜游戏。瑞塔和巴里都很喜欢猜谜游戏。今晚，八点。别忘了。"

我试着让他回来。

"等一下！瑞塔知道你经济上的问题吗？"

"不，不，不！"亚历克很吃惊，"我不会让一个女人为了这种事操心。你千万不能告诉她，我只告诉了你。实际上，克罗利医生，你大概是我仅有的朋友。"

他缓缓走了。

我走回村里，感觉有麻烦沉重地压在我肩上。我希望大雨能赶紧落下，冲刷掉这一切。天空像是灌了铅，水面是深蓝色的，光秃秃的海岬只剩绿色，像两块小孩的橡皮泥揉在了一起。

我在高街上看到了莫莉·格兰杰。亚历克说她周末前都不会从巴恩斯特普尔回来——莫莉独自在那里经营一家打字社——但大概是瑞塔弄错了。莫莉在进入她父亲房子的大门前，回头冲我笑了一下。

那天过得不太愉快。汤姆六点之后路过，来吃了一顿很晚的下午茶。他正在为莱顿警局处理的一起十分混乱的自杀案进行验尸工作。他一边狼吞虎咽地吃下涂了果酱和黄油的面包，一边告诉了我所有细节；而我对他说的，他则几乎没听进去。八点多了，我开车去向四英里之外的"休憩之地"时，天逐渐黑下来。

九点才是灯火管制时间。但那座房子里已经没有一点灯光。单凭这一点，就足以让人开始感到不安。

"休憩之地"本来是一栋十分漂亮的独栋大宅，大而低矮，瓦顶斜铺，柔和的红砖衬着铅格窗户。大多数树木都不会在海边生长得多么繁盛，草坪也十分稀疏。在大宅与道路之间，挡着一个高大的紫杉树篱。有两条沙砾车道，一条在门前，一条通往左侧的车库。车库旁是一个网球场。挂满爬山虎的凉亭立在右侧的草地上。

而现在，整座宅子失去了所有特点，没有任何值得注意的地方，没有任何值得被提及的东西。篱笆开始变形，需要被修剪。有人把颜色鲜亮的沙滩椅忘在了雨中。有一扇百叶窗的合页松了，而维修工——如果有维修工的话——似乎也没有费心去修理。比起具体细节，整个房子呈现出的更是一种微微衰败的氛围。

这里遗世独立的感觉引人注目，尤其是天黑之后，荒凉的孤寂气息扑面而来。这里可能发生任何事，谁会是更聪明的那个？

闪电不停划破天空，我开车进去的时候不得不打开大灯。轮胎碾在沙子上吱嘎作响。可除此之外，一切都是平静的。甚至没有一丝来自海面的微风吹动闷热潮湿的空气。大宅的后方，越过一大片红色土壤，你的目光可以模糊认出距水面和岩石七十英尺的悬崖的轮廓。

大灯的光线被遮挡，大概能照到车库门前。车库里有两个车位，瑞塔的捷豹正停在里面。正当我将车速放缓时，有个人从大宅一侧出现，向我走来。

"医生，是你吗？"亚历克喊道。

"是的。我得赶紧停车入库，快下雨了。马上就好。"

可亚历克没有等我。他跌跌撞撞走入大灯的光程中，我不得不停下车。他把手放在车门上，前后打量着车道。

"看，"他说，"谁把电话线剪了？"

第三章

引擎熄火了,我重新启动车子。亚历克一点都不生气:他听起来只是有点疑惑和困顿。尽管你能闻到他身上的威士忌味道,他还是很清醒的。

"电话线被人剪了?"

"我估计是那个该死的约翰逊,"亚历克不带任何怨怼情绪地陈述道,"那个园丁,你知道。他工作不认真。至少瑞塔是这么说的。所以我不得不解雇他,或者至少瑞塔解雇了他。我痛恨与人们发生争执。"

"但是……"

"他这么做存心是要刁难我。他知道我每天傍晚都要给《伦敦宪报》[①]的安德森打电话,看看有没有什么英国广播公司[②]没发布的新闻。结果电话坏了。于是我把它举高了一点,结果线从那个小盒子里溜了出来。有人剪断了线,然后又放了回去。"

有那么一秒钟,我以为亚历克要哭了。

"这是个非常没有格调的恶作剧,一个该死的,没有一点运

[①]《伦敦宪报》(*Gazette*),发刊于1665年,英国政府官方传播媒体,法令通告皆须在《伦敦宪报》刊登。
[②]英国广播公司(BBC),成立于1922年,是英国规模最大的新闻广播机构。

动员精神的闹剧,"他补充道,"为什么不能放过我呢?"

"瑞塔和苏利文先生呢?"

亚历克眨了眨眼。

"我不知道。应该就在附近吧。"他转动脖子四处环视了一下,"他们不在屋子里。至少,我觉得不在。"

"如果我们一会儿要一起打牌的话,我是不是最好去找他们?"

"是啊,去吧。我去弄些喝的。但是如果你不介意的话,我们先不打牌。八点半的时候,有一个非常好的广播节目。"

"什么节目?"

"我不确定。我觉得是《罗密欧与朱丽叶》,瑞塔特别想听这个节目,不好意思。"

他在暮色中穿过那片稀疏的草地,被什么东西绊了一下。他好像立马意识到我可能会觉得他并不清醒,于是他看了看四周,试图让自己看起来更有尊严地继续走了下去。

我把车开进车库。下车时,感到小腿有一根神经抽动了一下。我并不急于找到瑞塔和年轻的苏利文:我只想有些思考的空间。

首先,我绕到了房子后面。这里的风要更凉一些,轻抚着悬崖边缘狂乱的青草。这片潮湿的红色土壤十分荒芜。那根被剪断的电话线充斥着我的脑海,让我听不见也看不见任何东西。我围着宅子转了一圈,经过了凉亭。

他们一定是听到了我的声音。凉亭内传来一阵遮掩的、受了惊吓的惊叹声。我环顾一番——光线刚好够亮,让人能看到里面——然后快步走开了。

凉亭粗糙的木地板上铺着毯子,瑞塔半坐半躺在上面。她的头被向后压着,苏利文跳开之前,她的胳膊环绕着他的肩膀。他们的脸转向我,两人都惊讶地张嘴,眼里充满了带着负罪感的奇异闪光。被放大的感官,麻痹的痉挛。这一幕在我快步走开之前,刹那间划过我的眼睛。

可我还是看到他们了。

或许你会觉得,像我这样的老家伙不应该为这种事感到尴尬。但我真的十分难堪,也许比他们两个人的程度更甚。那不仅仅是关乎一个漂亮女人正被亲吻这个事实;更关乎凉亭里肮脏的地板上被释放的那种失控的、生猛的感官力量。

注意:危险,有个声音不停在说。注意:危险。注意:危险……

有个沙哑的声音在我背后叫道:"卢克医生!"

如果瑞塔没有叫我,我本不该停下。我假装没有看到他们。他们也该如此回应我,但良知不允许他们这样做。

我转过身。感觉脑袋轻飘飘的,声音沉重,一半是因为震惊,一半是因为愤怒。虽然它不像瑞塔或者苏利文的声音变化那样明显,但还是可以被察觉。

"你好啊!"我发现自己这么说着,这虚伪而故作惊讶的语气,连我听了都想踹自己几脚,"有人在里面吗?"

瑞塔走了出来。她暗色的皮肤变得很有血色,尤其是现在,这说明她此刻的心跳一定快极了。她艰难地平衡了一下呼吸,偷偷抚平短裙——颜色清新的粗花呢西装和白衬衫被揉搓过了。她身后是藏在门廊里的苏利文,在清着嗓子。

"我们——我们刚才在凉亭。"瑞塔叫道。

"我们在聊天。"她的同伴说。

"我们本来想直接过来的。"

"但我们聊了起来。就是这样。"

巴里·苏利文随着自己不断变哑的声音突然咳嗽起来。我之前并没有印象，他看起来竟然如此年少不谙世事。毫无疑问，他是个十分帅气的小伙子，有着率直的眼神和线条有些模糊的下巴。但一年前的那种自信已经无迹可寻：除非我误读了什么信号，不然可以看出，正如瑞塔疯狂地爱着他那样，他也疯狂地迷恋着瑞塔，准备做任何事。

凉亭中忽然有一阵风拂过。他们二人之间的情感温度是如此强烈，如同雾一样笼罩着他们，让人无法逃脱。雨滴渐次落下。

"我——我不确定您是否见过巴里？"瑞塔继续说道，声音如同在踮着脚，越过栅栏呼唤，"我记得我们第一次见面的时候，您也在？对吧，卢克·克罗利医生。"

"您好吗，先生？"苏利文嘟囔道，调整着站姿。

"我确信自己非常清楚地记得苏利文先生。"——此情此景，很难让人不表露尖酸——"我相信他是一位十分有前途的西区演员吧？"

苏利文那张帅气的脸皱了一下。

"我？"他惊叹道，拍了拍自己的胸脯。

"你是的！"瑞塔喊道，"或者说你会是的！"

男孩看起来更不自在了。"我不想装腔作势，先生。"他说。

"我相信你，苏利文先生，我知道你不想。"

"他的意思是……"瑞塔喊道。

"他的意思是什么？我亲爱的。"

"其实，我从来没在西区演出过，"苏利文说，"只是在乡下参与过一些小型演出罢了，都不是什么了不得的事。过去两年我都在露泽尔家族公司做汽车销售的工作。"他的深色眼睛以逐渐拉长的空洞视线移向瑞塔，"我不值得……"

"你值得，"瑞塔说，"不要这样说！"

如果不是巴里·苏利文注意到马上就要下雨，就当时的状态来看，他们几乎马上就要将整个故事全盘托出（或者我当时是这么觉得的）。他抬头看向天空，又看了看自己整洁无瑕的运动外套、灰色法兰绒裤子和坚挺地盘系在衬衫领部的丝巾。他所有的困惑与沮丧都烟消云散了，蜕变为某种活力。

"我要去收一下那些沙滩椅，"他大叫，"它们已经被雨淋过一次了。不好意思。"

"亲爱的，你会被淋湿的！"瑞塔大叫道，语气充满热情与天真，如果不是一切走到了再无法悬崖勒马的地步，这本来会非常有趣。

我与瑞塔一起走到宅子的大门。她双手紧紧相扣，来回转着自己的手指。当然，她也喝过酒了：一靠近她就能察觉到。

"我受不了了，"她平静地说，"我宁愿去死。"

"别胡说八道！"

"您确定这是胡说八道吗，卢克医生？我不觉得您是这么想的。"

"别想了，我亲爱的。告诉我：你最近都在玩什么游戏？"

"您在凉亭里看到我们了对不对？我觉得您看到了。好吧，我不在乎。"

"我说的不是凉亭的事。我想知道是谁把电话线剪断了？"

瑞塔的步伐停了下来，细细的眉毛皱在一起。她的表情是如此疑惑，以至于我无法怀疑她的真诚。

"您到底在说什么？我没有剪什么电话线。我什么都不知道。"她眼中闪过一丝好奇，"有人剪断了电话线吗？我们家的？您觉得这说明什么？"

她打开大门，迅速走了进去，没有给我任何回答的机会。

大宅的会客厅和后方餐厅灯火通明。会客厅的家具上盖着蓝色和白色的绸缎。黄色的灯光柔和明亮，丝毫不像这座大宅的外部那样，让人感觉这个地方无人照料。壁炉上方挂着保罗·费拉尔为瑞塔画的肖像。黄铜的柴火架闪闪发光，地毯十分厚实，墙角桌上有一个酒瓶和一个虹吸壶。

亚历克·韦恩莱特手握一杯加了苏打水的威士忌，站在收音机旁。

"呃——你好，亲爱的，"亚历克咕哝着。他举起酒杯喝了一口。这似乎暖了他的身体，也让他表情明快了不少，"我们一直在找你。"

瑞塔小声嘟囔着。

"巴里和我去网球场了。"

"哦。玩得开心吗？"

"还好吧。你把所有灯都关好了吗？今晚玛莎出去了，你记得吧。"

"都关好了，亲爱的。"亚历克边回复边擦着酒杯，"都被你的小丈夫做好了。今晚肯定会很有意思。"

瑞塔看起来像是一个悲情皇后。你几乎能看到她咬紧的牙关。她看起来内心正在撕扯，一面想要给予亚历克以最诚挚的温柔——他明显正奋力从茫然中挣脱；另一面，她却同样有要把什么东西摔向他的真挚欲望。前者胜利了。瑞塔努力用明快甚至带些羞涩的语调开口说。

"卢克医生告诉我有人把电话线剪断了，这是怎么回事？"

亚历克的脸上布上了一层阴云。

"全都是那该死的约翰逊，"他说，"偷偷溜进来剪断的。就是为了难为我，没什么大事。但如果我们要给火警或者警局之类打电话的话……"

"我想来杯喝的，"瑞塔说，"看在老天的分儿上，到底为什么没人能给我杯喝的？"

"都在桌上了，甜心。自己拿吧。我们今晚是不会被医生的健康建议束缚的。因为今晚很特别。"

"我想要一杯加冰的。"瑞塔几乎是在对他尖叫。

她的声调升高，十分具有粉碎性，然后她开始控制自己。尽管她试着对我微笑，暗示我一切都好，但她的手还是在颤抖。瑞塔穿过房间去向餐厅。她凉鞋上的小木跟在实木地板上"咔嗒"作响。她在厨房的门前停了下来，再次转过身。

"我宁愿去死！"她的喊声穿过了两个房间：并不多么响亮，却是无与伦比的强烈。她"啪"地用力打开双开门，消失在厨房。

亚历克的表情只有一丝惊讶。从台灯的侧光位看过去，他大而无甚特征的脸，不再那么衰颓或者了无生气。他的大嘴偶尔颤抖一下，但不经常。他洗了脸，用心梳了稀疏的灰色头发。

"有些难堪，我想，"他说，"大热天的，活动得太多了。我一直这么告诉她——啊，亲爱的，进来吧！坐下！给自己倒点喝的！"

我们能听到雨点击打着大宅屋顶的声音。巴里·苏利文从大厅走进来，用手帕擦着手。他的举止即刻覆上了一层自我防卫的色彩，他的羞赧，在亚历克眼里恐怕一览无余。这位年轻人所承受的良知上的内疚比瑞塔更甚。

"谢谢，先生，"巴里说着从桌上拿起酒瓶，"您不介意的话，我就来一小杯。我不常喝。但今晚——"

"今晚是个特别的场合。对吧？"

玻璃杯从巴里的指尖滑落,"咔嗒"一声落在桌上,又滚到了地上,但它落在了地毯上,所以没碎。顷刻间,这位高大的年轻人如同倒塌的晾衣架般跪了下来。起身时,他并未抬头看亚历克一眼。

"我像全世界最笨拙的公牛一般!"他宣称道,猛烈挥舞的手势差点把玻璃杯撞向酒瓶,"我无法想象自己为什么会这样。它滑下去了。看!就这么滑下去了。"

亚历克咯咯地笑起来。他眼皮上的神经微微抽动了一下。

"我亲爱的孩子!别想了。只要没摔了酒瓶就好!"(亚历克是如此开心,以至于他的笑声都成了一种欢乐的哀鸣。)"坐下吧。八点半的时候,我们要一起听广播——"

"广播?"

"瑞塔有一部想听的广播剧。"他看了看我,"是《罗密欧与朱丽叶》。我从《广播时光》里找到的。听完这个,我们刚好能赶上九点的新闻。乔治播报的新闻,你知道,我为没邀请保罗·费拉尔和他的那几位访客感觉十分歉疚。"

通往厨房的双开门被"吱嘎"一声推开。瑞塔拿着一个装有柠檬和金酒的大玻璃瓶,穿过餐厅走来,冰块叮叮当当地撞着瓶身,她的高跟鞋也"咔嗒"作响。

"保罗·费拉尔怎么了?"她有些尖锐地问道。同时下意识地将玻璃杯举向嘴边,眼光投向壁炉上方的她的画像。

保罗·费拉尔画得到底怎么样,或许是评论家们该辩论的事。我能说的是,我觉得这幅画真的好极了。这是一幅半身像,费拉尔画了她穿着睡衣的样子,脖间戴着一条钻石项链,腕上是一个钻石手镯——这对瑞塔来说似乎品位不佳。但那是亚历克的建议,而且他对此十分满意。

然而画中还是有一丝拙劣模仿的痕迹。尽管画的正是瑞塔，且强调着她的美，但如果亚历克真的读懂了这若隐若现的微笑，或许并不会对它感到满意。现实中，瑞塔本人带着厌恶凝望了这幅画，然后，出于某种原因，迅速看向了别处。

"所以保罗·费拉尔到底怎么了？"她重复道。

"他有位访客，亲爱的。这位访客难道不是您的病人吗，医生先生？"

"不，他是汤姆的病人，"我说，"汤姆让他坐轮椅了，现在他已经换了一辆最新款的电动轮椅——从伦敦寄来的。"

"这位朋友的名字是梅里维尔，"亚历克解释道，"他是位侦探。"

巴里·苏利文给自己倒了一杯烈威士忌，只加了一点点苏打水，一饮而尽。

"这不是真的！"瑞塔大喊道，"帕克尔夫人告诉我他是作战部的。"

"不，他不是一位职业侦探。但他总是在和各种各样的谋杀案件纠缠。这是个事实！"亚历克快速点着头，"本来还想听他追忆往昔之类的呢。没准是好玩的事。我一直对犯罪事件很感兴趣。"

瑞塔和苏利文越过亚历克交换了一个眼神。男孩的表情昭然若揭，如同在说："我们今晚动手吗？"瑞塔的那一眼便是在用她热烈的本性怂恿着他，回答说，"对。"我承认，那确实是让人焦虑的一刻。巴里又为自己倒了一杯威士忌，这次加了更少的苏打水，又一口喝下。他的眼神惊恐而坚定。瑞塔起身，轻抚丈夫稀疏的头发。

亚历克打开了收音机。

第四章

"您刚才收听的是莎士比亚的著作《罗密欧与朱丽叶》,广播剧,由肯尼思·麦克韦恩改编。出演者如下。"

雨停了一会儿。起居室里除了那个念着名单的镇定嗓音,几乎听不到任何声音。气氛是如此紧绷,九点,当大本钟那沉重而颤抖的钟声敲响,并合着细微的回音从扬声器中传出时,我被吓得几乎魂不守舍。

"这里是英国广播公司电台国内频道。接下来,由布鲁斯·贝尔福莱格播报新闻。"

脖子一直垂在自己胸间、半昏迷般瘫坐的亚历克起身了。将他的椅子稍微移向收音机——椅子腿尖锐地吱吱作响——他非常专注地把头探过去。

"有报告称,今天下午曾有一架敌方侦察机飞过,为敌方的非进攻性空中活动。"

在离我不远的翼状靠背椅中，瑞塔·韦恩莱特猛然间坐得笔直，后背像是绷紧的弓。她一只手拿着一只空空如也的玻璃杯，什么也看不到。她的眼睛盈满泪水，它们瞬间泛滥，沿着她的脸颊倏然坠落，但她的眼睛一眨不眨，也没有要抬手去擦掉的打算。

熄灯让屋子里热极了。苏利文在不断抽烟。烟雾笼罩在金色台灯的周围，进入我们的眼睛和喉咙。瑞塔动了一下。那无法控制的颤抖，从脖子开始摇晃着她整个身体。她狠狠地喝了一口酒，玻璃杯从指间滑落，轻轻掉在了地毯上，她像个盲人一般，摸索着找回杯子。然后，猛然间。

"瑞塔！"巴里·苏利文说，"不！"

"是，"瑞塔说，"我们说好了。"

亚历克咆哮着绕过收音机走了过来。

"嘘——！"他冲他们嘘声道，又立刻把耳朵贴上扬声器，再次做半梦半醒状。

"——听众大可放心，如果法国有意延续其在欧洲大陆该有的地位和声望——"

瑞塔僵硬地站着，转过头，用手掌边缘轻轻擦了一下她那满含泪水的眼睛。她的眼皮抬了起来，头部从左到右移动着，看起来有些古怪。她意识到了手里还握着酒杯，于是看着它，眨了眨眼，开口了。

"我去拿点冰，放在酒里。"她嘟囔着，嗓音粗重。转过身，大步走向餐厅。像是走向绞刑架一般，尽管这样的想法是没有道理的。她的鞋跟不断叩着地板发出的噪声，环绕着扬声器里传出的泰然自若的嗓音。厨房门开了,她不见了。

"林德伯格上校补充说,在他看来,美国无意参与任何跨大西洋的纷争。"

"我去搭把手。"巴里·苏利文说。
亚历克第三次扭动了一下身体,翻着白眼,请求得到安静。
这个年轻人似乎没有听到,小心翼翼地把自己的杯子放在桌上,苏利文向瑞塔走去的路上,努力回避着我的目光。但是,考虑到亚历克,他走得很轻。即便是在他进入厨房的时候,门都没怎么吱嘎作响。那扇门下透出了一丝光线。

我不知道他们两个人回来的时候会发生什么。有时,简单的提议能散发出巨大的力量,而在一瞬的冲动中,也能爬出有毒的蔓藤。要是瑞塔请亚历克去那间厨房,然后那个男孩拿着什么尖锐的东西悄悄潜在一旁的话,我也不会很意外。有目击者在的话,他们应该不会攻击亚历克吧?但为什么不呢?贝沃特斯这么做了,斯通纳也这么做了。瑞塔和苏利文都已喝到半醉。谋杀犯从身后悄悄接近目标的时候,会是什么样?

如果他们两个回来……
可是他们没有回来。
收音机里的声音似乎一直持续到永远。我六点的时候就听过了所有播报,再次听到的时候,它长到让我觉得可怕。亚历克基本是昏迷的,除了在一些重要的信息处会点点头,从未被惊扰。厨房的门依然纹丝不动,除了广播,一切依然寂静无声。

"今天的新闻播报完毕,现在是九点十八分三十秒。九点二十分您将听到……"

亚历克关了收音机。

他醒了过来，抬头看向我。他一定注意到了我的表情。一个奇怪而狡黠的微笑浮上他的嘴角。

"我亲爱的医生，"他轻声说道，"你以为我不知道吗？"

"不知道什么？"

亚历克冲着厨房的方向点了点头。

"那两个人背着我都做了什么。"他说。

最令人毛骨悚然的地方在于，这个说话的人似乎是曾经的亚历克·韦恩莱特。那粗壮的身体放松了一些。他的表情不再模糊，他的眼皮不再抽动，他的幽默与隐忍重新在这个房子里蔓延开来，他的声调和用词甚至都有所调整。他靠在大大的椅子上，双手叠放在胃部。

"是啊，"我扫了一眼桌上的酒瓶，于是他赞同道，"我不停喝酒来让自己获得平静。我甚至都开始忘记了，"他碰了碰收音机，"这个。"

"我应该坐在一旁看你把自己喝死来获得平静吗？"

"这，"他愉快地说，"就是现在发生的一切的总结。"

他确实是从前的亚历克·韦恩莱特，除了那变深了一些的肤色和太阳穴暴起的青筋。

"说到瑞塔……"他继续道。

"你知道她和苏利文的事有多久了？"

"噢，一开始就知道了。"

"那你打算怎么做？"

"这个嘛，"亚历克说着，朝椅子里拱了拱肩膀，调整到一个更为舒服的姿势,"要是你的话,你会怎么做?大吵一架,让自己显得很蠢?戴了绿帽子的丈夫从来都是被取笑的对象。你不知道吗?"

"那你不介意吗?"

亚历克闭上了眼睛。

"不,"他沉思着回答,"我不能说我介意。我为什么要介意?我已经过了那种阶段了。我非常喜欢瑞塔,但不是那种喜欢。而且我讨厌纷争。这不是她第一次爱上别人了。"

"她曾经在我办公室发誓说——"

"啊哈,"亚历克睁开了眼说,"所以她已经跟你聊过了?"他笑了,"但我也明白她为什么不告诉我。说实话,我其实为她在这方面的勇敢感到骄傲。巴里·苏利文是个不错的小伙子。她可能会走得更远,做得更糟。不,我觉得我最好假装什么都不知道。"

"你觉得这样更好?"

"至少,这是我能为她做得最简单的事。"

"你知道他们两个是怎么看这件事的吗?"

"噢,他们会担心一阵子。"

"担心一阵子?那看来你是完全不明白我是如何如坐针毡地度过了今晚,想着他们会不会在计划谋杀你了。"

尽管已经喝了不少威士忌,亚历克还是受到了不小的惊吓。他的脸变得扭曲。他并不喜欢自己的理想世界被如此入侵,于是开始大笑,然后又变得严肃。

"我亲爱的医生,快别说这种废话了!杀了我!我看您不了解我的妻子。不,让我们面对这个事实。他们才没打算谋杀我。但是我可以告诉你,他们到底是怎么计划的。他们……"他停了下来,"这股风是从哪儿来的?"

事实上,的确有一阵明显能察觉到的气流,从餐厅的方向吹过我们的脚踝。厨房的双开门猛烈地"吱吱嘎嘎"晃着,但没有人进来。

"不会是他们出去的时候忘记关后门了吧。"亚历克有些焦虑地说,"厨房的灯还亮着一盏。这悬崖上的任何一点灯光都能从几英里之外的海面上看到。灯火管制的看守们会大发雷霆的。"

我并没有去考虑看守们是怎么想的。

准确地说,我大概只用了五秒到六秒的时间,就走到了那扇门前。

厨房十分宽敞,贴着白色瓷砖,显得空空荡荡。白色珐琅表面的桌子上放着瑞塔用过的空玻璃杯,下面压着一张从厨房便笺本上胡乱扯下的小纸条。后门大敞着,一阵潮湿的风吹进来,径直吹过我的脸,又有一道光从这里洒了进来。

关好门窗、拉紧窗帘,这些动作就像一种令人紧张的下意识,如同恐惧症一样,永远藏在思绪背后的某个角落。光线不仅仅是一种冒犯,更是一种明目张胆的犯罪。尽管我足够快地走到了门前,但我没有立刻就把它关上。

尽管已经过了灯火管制时间,外面还不是很黑。一片风雨朦胧。悬崖附近几乎寸草不生,但那大片的红色土壤并非完全贫瘠。后院有几处用刷了白漆的小鹅卵石布置划分的几何区域,从这里能看出亚历克对数学的狂热。中心地带是用鹅卵石划分出的四英尺宽的小径。这条小径能将人笔直领向视线中含混不清的、被人称为"爱人之跃"的悬崖边缘。

爱人之跃。

冰箱上有一只被纸巾包裹的手电筒。在我拿起它、关上身后的门、磕磕绊绊地走下那两级木台阶的时候，我那糟糕的心脏威胁着我，有不好的事要发生了。

在那片潮湿而雾气缭绕的天空下，有恰好足够的光线，让我不用手电筒也能分辨出那两串脚印。

那些脚印始于稀疏的草木开始死去的地方。长期浸润于潮湿空气中的土壤，在雨后变得更加柔软。鹅卵石小径如幽灵般延展着，两串脚印向前延伸——一串稳健，另一串则有些迟缓地跟在后面。我开始猛烈地追逐它们。即使在这种状况下，我也没有忘记三十年来时常担任法医积累下来的经验。直觉会驱使你，正如它现在驱使我一样。它猛烈地驱使我躲开那些脚印。

我走到了悬崖边的小路上。瑞塔的脸仿佛出现在眼前。

我很恐高。高度让我感到晕眩，让我想跳下去。所以我并没有走到悬崖边缘向下看的勇气，尽管生活在这里的大多数人都能轻易这么做。顾不上尘土和泥泞，我跪了下来，用手扶地。我爬到了脚印结束处的草木丛外，探出头。

这里通常在下午四点左右开始退潮。所以现在正是再次涨潮之时，潮水刚刚开始覆上悬崖七十英尺下獠牙般尖锐的岩石。四周一片朦胧，我除了手电筒发出的光什么都看不清。但我听到了岩石间潮水的嘶嘶声和海浪的拖拽声。潮湿的海风吹拂着我的脸，压着我的眼皮。

我在尘土中躺了下来，感觉自己是个无用而病重的老家伙。即便像现在这样安全地躺在地上，我都不敢向下看。我张开了手指，任凭手电筒滑走。我看见它翻滚着，一阵猛烈的光，在一瞬的闪耀停留后，它消失在两人消失的地方，无声无息。

过了一会儿，我像个螃蟹一样爬了回来。这要简单得多。我不再有望向深渊时那种轻飘飘的感觉，也不再觉得自己如同一只挂在虚空之网上的蜘蛛。悬崖正面是陡峭的棱纹岩,如人脸般光滑。他们的身体直到落水前都不会碰撞到任何东西。当他们落入水中……

我起身走回大宅。

亚历克还在起居室,站在桌旁给自己倒威士忌。他看起来有些恍惚,似乎还有些满意。

"他们是不是没关门?"他问,然后说,"看看,你这是怎么了?你这一身土是怎么来的?"

"你最好搞清楚一点,"我告诉他,"他们疯了,跳崖了。"

寂静。

他花了一点时间去领会这句话的意思。从前,他们会带着自己的孩子来我这里看病,然后说:"小傻瓜,现在不准闹。你知道卢克医生是不会伤害你的。"这个孩子十分相信我,所以他知道卢克医生不会弄疼他的。但有时候,不管我多努力地避免,都不得不弄疼他,然后这个孩子的下唇就会撇下去,用吃惊而责备的眼神看看我,然后开始哭。亚历克·韦恩莱特,这个年华不再的醉汉,此刻正用同样的眼神看着我。

"不!"他终于明白了这些话的含义,"不,不,不!"

"我不信,"亚历克几乎是在尖叫。他放下手中的玻璃杯,它在那被用心擦拭过的桌子表面滚动起来,"你怎么知道的?"

"出去看看那些脚印。他们俩的脚印。他们走到了'爱人之跃'的边缘,再没回来。厨房桌上有一张字条,但我还没读。"

"这不是真的,"亚历克说,"这是……等一下!"

亚历克转过身,他僵硬的关节让他颤动了一下。他靠着桌子站稳,然后走向通往大厅的门。我听到他以力所能及的最快速度走上了楼。我听到他在楼上的房间的动静:开门,关门,或者开抽屉，关抽屉。

与此同时，我去了厨房，用热水洗了手。炉子旁的挂钩上挂着一把刷子，我用它清洁起了衣服。那其实是一把鞋刷，但当时我并没有注意到这一点，亚历克回来的时候，我正在耐心地刷着衣服。

"她的衣服还在，"他从干裂的嘴唇中吐出，"但是——"

他手里拿着一把钥匙，不明所以地晃动着它。那是一把很奇怪的钥匙，似乎是用来开弹子锁的，但又要小一些。在它的铬制表面上有小小的刻字："玛格瑞塔"，还穿着一个同心结。

"别出去！"亚历克摇摇晃晃走向后门的时候，我说。

"为什么？"

"不能破坏那些脚印。亚历克。我们必须马上叫警察来。"

"警察，"亚历克重复道，似乎对这个词有些迟疑。他在料理台旁的白色椅子上坐下。"警察"，他再次品味着这个词，然后，像陷入这个情景的所有人一样，发了疯一般，"但我们要做点什么！我们不能……不能下去吗？"

"怎么下去？没人能爬下那座悬崖。除此之外，现在正是涨潮的时候。必须要等明早了。"

"等，"亚历克小声说，"等。我们不能就这么坐着！"他专心思忖着，"你是对的，警察会知道该怎么做。打电话报警吧。或者我来打。"

"怎么打电话报警？有人把电话线切断了。"

想起这个，他的手扶住了额头。他那醺于威士忌中、情绪变化间体现出的复杂心境，在任何人看来都是十分令人不快的：更别提是在医生的眼里了。

"但我们有车，"他指出，"有两辆车。我们可以开车去，然后——"

"正是如此,如果你的精神状态没问题的话。"

令人吃惊的是,在这安静的厨房里,冰箱开始低声轰鸣了起来。到处寻找着噪声来源的亚历克,第一次发现了桌子上、压在玻璃杯下,从厨房便笺本上撕下,用潦草的铅笔字迹写下的小字条。他移开玻璃杯,拿起纸条。

"我没事。"他说,"我依然不敢相信这一切。这一切……"但他的眼里还是满含泪水。

我不得不去帮他拿帽子——他应付起这些事来,像一个无助的孩子——和雨衣,以防一会儿又下起雨。他坚持要拿另一只手电筒去看看那些脚印。但除了脚印什么都没有,只有瑞塔的音容笑貌不断飘浮在我们面前。

尽管身体不甚灵活,他的精神状态看起来尚可。直到我们去取车的路上、途经大厅时,他才终于崩溃,瘫倒在了衣帽架旁。那把小钥匙,刻着"玛格瑞塔"、绑着同心结的小钥匙,从他手中跌落到实木地板上。我从来都不知道他到底有多爱瑞塔,但那一刻我明白了。我捡起那把小钥匙,把它放在我的外套口袋里。然后开始想办法把亚历克送去卧室。

瑞塔·韦恩莱特和巴里·苏利文的尸体在两天后被发现。他们被海水冲刷到了几英里外海岸的一处卵石滩上。几个小孩报了警。但直到验尸报告出来之后,我们才知道他们到底是怎么死的。

第五章

那是我第一次见到亨利·梅里维尔爵士,在一个所有莱康姆居民都不会忘记的场合。

不管外面的世界是否战火连天,村里的人们谈论的却只有瑞塔·韦恩莱特和巴里·苏利文的协定自杀事件。这让我感到愤怒。人们对他们二人的遭遇几乎没有表露出什么同情,尤其是对瑞塔。谈论他们的大体腔调是这样的:"你难道估计不到她会做出这种愚蠢而又戏剧化的事吗?"

而另一方面,亚历克对于他自己的遭遇似乎也没有太顾影自怜。

"你应该打她一顿,""教练与骏马"酒吧的哈利·皮尔斯如是说,"那她就不会这样做了。"

我不懂这背后的逻辑。除此之外,整天叫嚣着要打女人的人,从来都是那些在自己的妻子面前大气都不敢出的人,比如皮尔斯先生对他的夫人。而且亚历克崩溃的情绪比我担心的更加严重,如此一来,听到这样的言论就更加气人了。有一位专业护士不分昼夜地守在他身旁,汤姆去探望过他两次。

汤姆严厉要求我待在家里,于是星期一午饭前,我在自家后花园里晒起了太阳。这时,莫莉·格兰杰来了。她穿过高高的飞燕草之间的小道,来到了树下放着柳条椅的空地上。

"您还好吗,卢克医生?"

"我好极了,谢谢。我那愚蠢的儿子对你说什么了吗?"

"说您一直——在逼自己。"

"无稽之谈!"

莫莉在我对面的柳条椅上坐下。

"卢克医生。这真是个悲剧啊,不是吗?"

"当然!"我说,"你认识巴里·苏利文,对吧?实际上,你就是那个把他介绍给……"

我的舌头打了结,心里希望这不是一段令人不快的回忆。但是莫莉似乎并不介意。初见莫莉,你可能意识不到她有多好看。就像所有金发碧眼却不施粉黛的女孩一样,人们会通过这张脸本身拥有的痕迹记得它,如同辨认船只一般,莫莉看起来也是如此。

"我跟他不是特别熟,只是点头之交,"她说,抬起一只细手,端详起自己的手指,"但这场外遇真的太糟糕了。卢克医生——您不介意我们聊聊吧?"

"不,完全不介意。"

"好,"莫莉挺直了身体说,"发生了什么?"

"汤姆没告诉你吗?"

"汤姆不太会讲故事。他只会说:'天哪,你这个女人难道听不懂英语吗?'"她笑了一下,然后表情又严肃起来,"至此,我知道的仅仅是,您和韦恩莱特先生本来要一起开车去报警,然后韦恩莱特先生晕倒了。"

"没错。"

"您把他扶起来,送到了卧室。"

"这不会对我不利。"

"汤姆说有这个可能。不管怎么说,我不明白的是这个。汤姆说您在黑暗中从'休憩之地'一路走了四英里回到这里。——"

"天没有黑透。雨停了之后,星星就出来了。"

莫莉没有理会。

"回到这里,"她说,"向莱顿的警察报了警。您直到十一点半甚至十二点才回来。但那里至少有两辆车停着。您为什么没开车回来?"

"因为,"我说,"没汽油了。"

莫莉一脸疑惑。而想起那晚我去车库发现的一切,也并没能让我的情绪舒缓一些。

"我亲爱的莫莉,有人打开了汽油箱的盖子,倒光了全部汽油。亚历克的车和我的车都是如此。即便不去考虑汽油当下有多稀缺,我也不明白这种恶作剧有什么乐趣。所以不要问我为什么会有人这样做!或者为什么有人要去剪断电话线。它就是那样发生了,我被困住了。还有,我离开房子的时候,拿了亚历克出于某种原因谨慎保存的一把小小的纪念品钥匙,我已经给了汤姆,让他带回去。我走的时候,亚历克非常虚弱,但是我必须要去寻求帮助。这种情况下,要是阻止通信电波或者信鸽的话……"

"这么做太傻了,"莫莉承认道,"尤其是在那种情况下。您不知道是谁做的吗?"

"可能是那个恶魔般的约翰逊。还有可能是谁?"

"约翰逊?"

"被亚历克解雇的园丁。但动机是什么呢?"

"他们没发现——他们没发现瑞塔和苏利文先生吗?"

"没有。一切都是错位的。包括你,现在要我说的话,今早你为什么不在巴恩斯特普尔？你的打字社怎么样了？"

莫莉双唇紧闭，用指尖摩擦着太阳穴，第一次看起来有些犹疑。她的脚踝整齐地并拢在一起，精确得如同她办公室的账簿。

"打字社，"她告诉我说，"要自己运转一两天。我没什么心情。不是病了，只是——"她放下手，"卢克医生，我很担心。我不是很喜欢瑞塔·韦恩莱特，您也知道。"

"你也不喜欢她？"

"请等一下。我真的很努力要做到公平。我想请您帮忙做判断，而不是向您申诉什么。"莫莉犹豫了，"您现在可以来我家吗？我觉得有些东西必须要给您看看。"

我回头看了看自家的房子。汤姆十一点钟时结束了一场手术，这会儿正在外面进行上午的巡诊。看起来我也许可以偷偷跑出去，再偷偷跑回来，而不被抓住。当莫莉和我来到前院的时候，高街安静无比。高街——礼貌起见——其实就是主路，沥青路面一直延伸，消失在米勒锻造厂旧址的拐角。路的两侧都是小房子和商店，伴着从路边四门大敞的"教练和马"酒吧里传出的私语声，在阳光下打着盹儿。邮递员弗罗斯特先生正在送信；烟草糖果店的皮纳福尔太太正在清扫自家门前。

但这份宁静被打破了。莫莉回头目不转睛地看着什么。

"我的天啊！"她说。

街道远处，米勒锻造厂那边，有一辆行进中的机动车马达发出的"砰——砰——砰"的声音。一辆轮椅平稳而有力地从道路正中驶来。

坐在轮椅里的是一个身材结实粗壮的男人，身穿白色亚麻西服，手握与前轮相连以控制方向的摇杆手柄。他的秃顶反射着阳光。眼镜耷拉在宽大的鼻子上。肩上披着一条不合身的围巾。即使从远处，你也能看到他脸上那种非人的恶魔般的表情。他无比专注而用力地弯了一下身子，轮椅加速了，"砰——砰——砰"的声音更响了。

画家保罗·费拉尔正气喘吁吁地追赶着他转过米勒锻造厂。

其后，是我同样狂奔着的儿子汤姆。

再之后，是一位警察。

"慢点！"费拉尔上气不接下气地喊道。这一喊，让许多人从窗户里探出了头来，"这里比看起来要陡！看在老天爷的分儿上，慢一点……"

轮椅中的人，脸上浮现出傲慢的讥讽。仿佛意识到了自己的高超才能，他遥控着轮椅，时左时右，一会儿拐着弯摇摆了起来，优雅如滑冰大师。即便那时，汤姆仍然觉得，要不是因为那些狗，一切都不会有问题。

如同遵循着某种规定一般，莱康姆的狗都十分温驯有礼。它们认识摩托车、货车和自行车。但是载着一位十分享受旅程的残疾人的电动轮椅这种惊人场面，显然超出了它们的想象，让犬之魂发了狂。它们如同被魔法召集般，全都猛扑着翻过了自家栅栏。

它们的叫喊声震耳欲聋，盖过了轮椅的"砰——砰——砰"声。安德森家的苏格兰梗[①]威利兴奋到翻起了跟斗，后背着地。雷恩家的艾尔谷梗[②]大胆地在车轮下急奔着。轮椅中的人意识到了他的吸引力，试图反击。他探出身向它们做了一个表情。那的确是一个非常可怕的表情，让大多数狂吠不止的狗都胆怯退缩

[①]苏格兰梗（Scotch terrier），犬种，又名亚伯丁梗（Aberdeen Terrier）。其品种存在历史已十分久远，可追溯到十九世纪前。
[②]艾尔谷梗（Airedale terrier），犬种，育自英格兰东北部约克郡（Yorkshire）。

了,但有一只所谓的曼彻斯特梗①跳到了轮椅前,试图咬住那个转向装置。

这位残疾人也毫不示弱,拿起拐杖恶狠狠地打向了它。与其说这是策略,不如说是一种恐怖主义。轮椅的行驶方向已经被干扰。以一种可怕的速度沿着希吉家的车道冲向了人行道。很遗憾,它横扫人行道的时候,我们尊敬的洗衣店的麦克格尼戈夫人拿着要洗的衣服正从大门处回来,然后它顺着皮纳福尔家的车道又回到了路上。

"关掉发动机!"费拉尔从后面喊道,"看在上帝的分儿上,赶紧关上发动机!"

这是个好建议,但是这位残疾人却无法或者不想采纳。群狗环绕的轮椅飞驰而过,经过站在门口的莫莉和我。即便是这位残疾人的轮椅越过路牙的时候,他那可怕的表情也未曾改变,他在"教练与骏马"门前划出的一道弧线,然后威严地消失在酒吧那敞开的门中。

群狗涌入,费拉尔追赶进去,汤姆也跑了进去,同样还有那位已经拿出笔记本准备记录现场的警官先生。

"我的天!"莫莉再次说道。

"这位绅士似乎急着要喝酒。"邮递员评论道。

的确如此,酒吧里传来这个瘾君子爬过吧台撞在酒瓶上的声音。玻璃的碎裂声,椅子的撞击声,狗叫声和一位刚举起酒杯便被撞得洒了一身啤酒的男士的抱怨声全部混在一起。

接下来的十五分钟,也许是哈利·皮尔斯这家酒吧有史以来最为精彩的十五分钟。狗被一只一只赶了出去。尽管大家出于慷

---

① 曼彻斯特梗(Manchester terrier),犬种,十六世纪起发源于英格兰。

慨和尊重，恢复了酒吧的和平氛围，但坐在轮椅上的那个男人铿锵有力的嗓音盖过了一切。他像一个来自原始世界的殉难者，坐在费拉尔推着的轮椅上再次出现。

"听好了，飞行员，"费拉尔说，"这玩意儿是轮椅。"

"好吧，好吧！"

"是给需要帮助的人用的。而不是用来当火箭发射器的。要不是因为你是克拉夫特警长的朋友，我们是逃脱不了危险驾驶机动车危害公共安全的罪名的，你知道吗？"

这位恶狠狠的绅士脸上浮过一丝无助和强烈的不解。

"看着，"他说，"得了吧，我只是想看看它在平整的大路上表现如何。然后怎么样？"

"怎么样？你差点把这该死的村子给毁了。"

"那你没意识到我也差点被害死吗？"他的同伴喊道，"我本来安安静静的，谁也不想打扰。可忽然之间，有五十只杂种狗向我扑咬过来。"

"它们咬到你哪里了？"

另一个人怒目而视。

"你别管咬到我哪儿了，"他低声说，"等我得了狂犬病你就知道了。那时我便要带着受伤的脚趾可怜地躺着，孤独度过余生。在轮椅上呼吸不到新鲜空气，安静又平和，没有这些该死的邻居家的狗来咬我也挺好。"

这肯定就是我们耳闻已久的伟大又令人尊敬的H.M.。莫莉和我几乎一瞬间就吸引到了他的注意，但是是以一种十分不幸的方式。

他在村子里进行尊贵的皇家巡视期间，我们都被吓得只能板着脸。而现在，莫莉很难再保持严肃，忽然间，从她漂亮的鼻子里发出了一声努力抑制的笑声，她转过身，扶住门口的栏杆。

坐在酒吧门外轮椅上的亨利·梅里维尔爵士透过他的眼镜直直看向了我们，他充满恶意地举起一根手指。

"我就是这个意思。"

"嘘！——"费拉尔屏气要求道。

"我为什么从来都得不到同情？"H.M.对着空气质问道，"为什么我就这么受蔑视？如果这发生在别人身上——噢，我的天哪，这真是个悲剧。然后就是一堆表示同情的废话。但是，如果是发生在一个老家伙身上，它就变得很好笑。孩子，当我被埋葬的时候，我估计牧师会笑得说不了话，他得先在教堂的走廊上开半天的葬礼派对，才能吐出几个字来。"

"他们是我的朋友，"费拉尔说，"过来跟他们打个招呼。"

"我需要发动马达吗？"H.M.期望满满地问。

"不必了。我推着你走。坐好。"

高街此刻安静了下来，但仍然有几只狗潜伏在街角，高度怀疑而目不转睛地盯着那辆轮椅。刚刚为了加入这场追逐、而把车停在米勒锻造厂附近的汤姆，现在趁着午饭前的时间接着出诊去了。那位手握转向器、试着摆出一副闲适而优雅身姿的大人物，来到了我们身边。

轮椅刚一动，便引发了一场暴躁的咆哮合奏。部分敌人从藏身处大叫着蹿了出来，人们不得不再次将它们赶走。

"你大概已经猜到这位是谁了，"费拉尔说，H.M.停下了挥舞着的拐杖，"这位是卢克·克罗利医生，汤姆的父亲。那位笑了的年轻女士是格兰杰小姐。"

我必须承认，保罗·费拉尔今天似乎比平常更富有人情味。他是——或曾是——一个善于冷嘲热讽的人。他三十多岁，身材苗条，鼻子修长，好为人师。他穿着一条带着颜料渍的法兰绒裤子和一件旧毛衣，一有人谈论起明暗对比之类的绘画技法，他就会大叫起来。

"我真的非常抱歉，亨利爵士。"莫莉带着真诚的歉意说，"我不是想嘲笑您，我真的非常无礼。您的脚趾还好吗？"

"糟透了。"大人物说道，示意我们看他那依然缠着绷带的右脚趾。他那酸溜溜的表情缓和了一些，"我很高兴还有人能体面地问这个问题。"

"听到这个消息，我们都感到很遗憾。顺便问一句，您是怎么伤到的呢？"

H.M.看起来好像没听到一样。

"他当时在向我们展示，"费拉尔立刻解释道，"他在一八九一年是如何在剑桥大学队打橄榄球的。"

"我至今还是觉得有黑幕。要是能向我背后这个男人证明这一点的话……"H.M.停了下来，深深吸了一口气，令人震惊地问了莫莉一个十分直接的问题——我后来才懂得这个问题的含义，"你有男朋友吗？"他问。

莫莉僵住了。

"真的——"她开始说道。

"你这么漂亮，肯定有男朋友，"大人物如是说，他用这种方式对她刚才对他脚趾的关心报以赞美，"你肯定有很多男朋友。我的意思是，像你这么善解人意的女孩，一定每晚都有追求你的男孩爬上屋外的常春藤来找你。"

然后，不擅与年轻人打交道的我不得不插一句话。

"史蒂夫·格兰杰，"我说，"觉得莫莉谈婚论嫁还太早。尽管我们都很希望她和汤姆……"

莫莉乱了呼吸，维护着自己的尊严说道。

"那就让汤姆自己决定吧，"言辞十分尖锐，"我真的不知道为什么忽然要聊到我的事。"

"莫莉，你在浪费时间。"费拉尔说，带着他那弱猫般的神态，"汤姆是一个满脑子医学的单身汉。对他来说，穿着短裙的人只是手术台上被用来研习解剖的对象。你对其他人有兴趣吗？"

莫莉好奇地看着他。

"这要看，"她回答道，"他的感受了。"

"感受？"费拉尔重复着她的话，"对你的吗？"

他长长的鼻子下有一丝浅浅的微笑。他随意地靠着，臀部承托着自己身体的重量；手插在染满颜料的裤子口袋里，修长的手肘竖在外面，像翅膀一样。

"也许你是对的，"他补充道，脸上蒙上了一层阴郁，"这不是一个讨论情事的好时机，不管是现在的还是未来的。星期六晚上刚有一段爱情故事以十分不幸的方式结束了。顺便问一句，有人听说过这件事吗？"

也许费拉尔的提问并不像听上去那么随意，他肯定看到了从莱顿方向驶入高街的警车，就像我们看到的那样。车速慢了下来，低速行驶了一会儿，在我的门前停下。克拉夫特警长从后座上下来。我已熟识克拉夫特多年，他身材高大，长脸，有一只玻璃义眼和贝斯般缓慢而低沉的嗓音。

那只义眼让他看起来有些邪恶，但他本性并非如此。克拉夫特谦逊而善于社交，爱喝啤酒。他在巴恩斯特普尔生活工作，也是在那里学到了关于当警察的一切。

他径直走向 H.M.。

"先生,我能单独跟您聊聊吗?"他用起伏的语调问道。然后稍事停顿,犹豫了一下,将那只义眼转向我们大家,故意补充道,"我们找到尸体了。"

第六章

所有人待在温暖的街道上，一言不发。H.M.将手杖靠在椅子的一侧，毫无热情地轻瞟着。

"你是说，"他哼哼唧唧地说，"星期六晚上那两个把自己弄下悬崖的人？"

"正是。"

"那你找我做什么？他们已经死了，不是吗？"

"是的，先生，他们确实死了。但关于证据方面，我们还是有一些疑问。"克拉夫特警长看着我，"如果可以的话，我还想和您谈一谈，医生。"他那只健康的眼睛在暗示着什么，"有什么地方方便我们去聊一聊吗？"

"不如来我家吧？或者去后花园？"

"没问题，医生，如果亨利爵士也方便的话？"

H.M.只是嘟囔了两句。费拉尔一边拿出烟斗、从防水油布袋子里掏出烟丝向里填充，一边好奇地看着他们。

"那也就是说其他人都不能加入了，我猜？"费拉尔说。

"对不起，这位先生——"克拉夫特不知道费拉尔的名字，估计也并不想知道，"对不起，先生，这是公务。"

费拉尔满不在乎。"那么，您不介意的话，我就把这位大人物推到后花园,半个小时后回来接他。他要是非得启动马达的话,我也阻止不了。但我打算一会儿和他一起回瑞德农场,以免他再试图自虐。你们是在哪儿发现尸体的?这不是秘密吧?"

警长犹豫了一下。"今早被冲到了无忧谷的沙滩上,好了,先生!"

莫莉·格兰杰转过身,一言不发地走了。我好像记得她要给我看些什么,但这显然不是当务之急。

亨利·梅里维尔爵士抱怨着,被推着穿过错综复杂的小路来到后花园。阳光暖洋洋的,围巾显然让他感到闷热,于是他把它塞到了身后。然后他、克拉夫特警长和我,一起坐到了苹果树下,克拉夫特警长开始做起笔录。

"你看,"H.M.带着一丝令人惊讶的谦和大声说道,"我有件事要坦白。"

"是什么,先生?"

"我这个老头儿过得实在无趣,"H.M.说,"我已经在轮椅上坐了很多年了。伦敦不需要我。"他的嘴角垂了下去,"哪里都不需要我。我感觉有些迷茫,无所事事。"

(我想知道这是为什么,明明有人说过他在作战部担任要职。)

"所以,你要是有什么刺激的问题问我的话,我十分欢迎。开始前,我只有一个问题要问你。请务必慎重回答。"

"请讲,先生?"克拉夫特立刻回复道。

H.M.掀开亚麻西装外套,露出他那装点着一只黄金大怀表的大肚子,然后从口袋里掏出一个装满黑色雪茄的盒子。他点燃一支雪茄,深深吸了一口。他似乎觉察到烟雾引人不快了。实际上，也确实如此。他小而尖锐的眼睛锁定了克拉夫特。

"脚印上有没有什么花活儿？"

"我不太明白您的意思，什么花活儿？"

H.M.脸色阴沉地盯着他。

"噢，我的孩子！我这人可能是太阴暗多疑了。"

"这……先生？"

"你看到了两串脚印，一串大的是由男性的鞋踩出来的，一串小的来自女性的鞋。两人在柔软的土壤上一路走出去。脚印突然消失。没有其他脚印。那么，对于那些心地十分单纯的人来说，这意味着一个男人和一个女人跑到悬崖边跳崖了。对吗？但是对我这个诡计多端的人来说——"H.M.拍了拍自己的额头，"——它意味着这一切可能都是假的。"

克拉夫特警长皱起眉头，在膝盖上摊开笔记本。

"为什么是假的？"

"这个嘛，如果说，这两人只是想看上去死了。好吧。这个女人站在后门的台阶上，独自走出去，穿过软土，一直走到悬崖边那一小片的灌木丛草地上。她手里拿着一双男人的鞋。明白吗？"

"是的，先生。"

"然后她脱下自己的鞋，穿上男人的鞋。在自己那行脚印旁边倒着走，直到走回台阶上。"H.M.迷醉地弹了一下雪茄，"然后，看到了吗，你就有了符合目前这个情形的两行脚印。这是个十分简单的法子，孩子。"

他停了下来，带着升腾起来的怒气瞪着克拉夫特警长，因为警长笑了。

那笑温柔、深沉，几乎没有声音，带着一丝真切的欣赏。它点亮了克拉夫特那阴郁的脸庞，与他那只玻璃眼形成了强烈对比，甚至让他笑出了双下巴。

"你觉得这有什么好笑的吗？"H.M.问道。

"没有，先生。这个想法真的很不错。这如果是小说里的情节就更好了。我唯一能告诉您的就是，事实并非如此。"

克拉夫特随即严肃起来。

"您看，先生，是这样的。我不想说些不切实际的东西，但是脚印研究确实是犯罪学中被深入研究的一个分支。课本里有一整章都是关于这个的。与人们通常以为的相反，脚印其实比什么都难以伪造。实际上，人们根本不可能伪造脚印，更不可能以您说的这种方式伪造。以前也曾有人试过这样倒着走。但总会很快就被识破。

"倒着走的人不可能会不留下痕迹。倒走的脚印步距会短，脚后跟会内扣，其呈现的身体重量分布方式也会截然不同，会从脚趾到脚跟呈倾斜状态。此外，也要考虑这两人的体重差异。

"我想请您看一下我们星期六晚上取到的这些脚印的石膏模型，它们是真实的脚印，没有什么花里胡哨的伪造痕迹。那个男人有五英尺十一英寸[①]高，体重十一点一英石[②]，鞋码九号。那个女人则是五英尺六英寸高，体重九点四英石，穿五码的鞋。如果在这起事件里，我们只能确认一件事，那么这件事无疑就是：韦恩莱特太太和苏利文先生走向了悬崖边，然后再没回来。"

克拉夫特停顿了一下，清了清嗓子。

我觉得他说得很有道理。

[①] 1英寸约为2.54厘米，男人身高约为180厘米，女人身高约为167.6厘米。
[②] 英石：英制质量单位，1英石约为6.35公斤，男人体重约为70.5公斤，女人体重约为59.7公斤。

"噢，呃，"H.M.从雪茄油腻的烟雾后看着他嘟囔道，"你处理这些事的时候，把科学犯罪学看得很重，不是吗？"

"我的确如此，"警长保证道，"尽管这不总是能派上用场。"

"你的意思是你觉得这次它起作用了？"

"让我告诉您一件事，先生。"克拉夫特四处看了一下，用他那只恶魔般的眼睛巡视了一遍花园，然后压低了嗓音，"像我告诉您的那样，今天一早，尸体被冲到无忧谷的沙滩上。他们已经死了，并且星期六晚就落水了——我不必赘述那些可怕的细节——此情此景之下，你自然会假设他们死于骨折或者溺水。但是他们并不是这么死的。"

H.M.眼里露出了一丝好奇。

"不是那么死的……？"

"不是的，先生。他们两个都是死于枪击，子弹穿过心脏，近身射击，凶器是小口径枪支。"

花园里如此安静，我们甚至能越过栅栏听到从两幢房子外传来的谈话声。

"这？"H.M.咆哮道，他看起来正烦恼于自己内心的疑虑，因此十分粗暴地吸了一口雪茄，"如果你非执迷于这种科学和技术分析方法的话，我叮以告诉你的是，这件案子看起来没什么不寻常和令人惊讶的。有不少自杀案件，尤其是协定自杀，都是这么做的。他们坚信自己会去往荣耀的世界。两人站在河边，男的先开枪让女的坠河，然后自杀，他也坠河。结束。"

克拉夫特严肃地点了点头。

"没错，"他附和道，"还有，伤口也是典型的自杀创口。当然了，在尸检报告出来之前，我无法证实任何事。但是验尸官致电了汉金斯博士，汉金斯博士今早出具了一份验尸报告。

"两位受害人皆是被零点三二英寸口径的子弹击中的。像我告诉过您的那样,近身射出。衣服被火药烧焦。伤口被灼烧,变黑,留下文身样的痕迹。也就是说——"克拉夫特拿起一只削得锐利的铅笔,沿着它看过去,"未被消耗的推进剂渗入皮肤。明确表明枪击发生于近身距离。双人自杀?"

"那么,"H.M.说,"你有什么不确定的?为什么你脸上有那么一副好笑的表情?证据不都在这里了吗。"

克拉夫特再次严肃地点了头。

"是的,先生,我的证据在此。"他停顿了一下,"只是,你知道,他们不是自杀,而是被谋杀的。"

好吧,纵观全局的你或许一直都在等待这一刻,等待"谋杀"这个词的出现。又或许,好奇它到底何时会出现。对你来说,这只是一场智慧之战的开启。但对我来说——如此面对这件事的突兀——克拉夫特的一言一语都让我汗毛战栗,你无法想象我的感受。

单单是想到"未被消耗的推进剂渗入皮肤"这样的用语会被用来形容瑞塔·韦恩莱特就已经够糟了。在我们坐在花园的苹果树下的此刻,瑞塔已经是停尸板上的肉体而已。可任何关于谋杀的讨论,关于有人仇恨瑞塔和巴里·苏利文至此,残暴到要取他们性命的想法,都让我感到难以置信。

H.M.张着嘴,带着敬畏端详着克拉夫特。但他一言未发。

"现在,让我们聊聊凶器,"警长继续说道,"详细地说,是一把零点三二英寸的勃朗宁自动手枪。如果苏利文先生先杀了那位女士,然后又自杀——或者,反过来,如果这样会更好接受的话——那么你会假设枪是跟着他们一起落入海里的,对吗?"

H.M.看了看他。"我不做任何假设,孩子。是你在讲故事,请继续。"

"又或者，"克拉夫特辩道，"你会假设这把枪可能会落在他们坠崖处附近的地方。但是你不会——"说到这里，他举起铅笔，扬起了他那凌乱的眉毛，以示强调，"你不会假设它可能出现在离海很远的，离韦恩莱特大宅足足有半英里远的主路上吧？"

"所以？"H.M.说。

"我最好解释一下。你们其中是否有人熟悉史蒂夫·格兰杰先生？他是巴恩斯特普尔的一位律师，但他住在莱康姆。"

"十分准确，"H.M.摇头之际，我回答道，"刚才跟我们一起的那位正是他的女儿。"

克拉夫特琢磨了一下这句话。

"星期六晚上，"他继续道，"或者说，星期日凌晨一点半左右，格兰杰先生从曼海德开车回家。途经韦恩莱特家的大宅。我们——我是说警察——当时正在那里，但格兰杰先生显然并不知道发生了什么。

"他开车缓慢而小心，如今所有人都是如此。在车开到距离莱康姆半英里处时，车灯照到了一个主路旁闪闪放光的东西。格兰杰先生是位十分谨慎、有条不紊的绅士，所以他下车去查看了一番。"

（这正是史蒂夫·格兰杰的为人。）

"是一把零点三二英寸口径的勃朗宁自动手枪，硬橡胶把手，抛过光的钢面闪闪发亮。提醒一下，格兰杰先生没有任何理由会想到发生了什么糟糕的事。那只是一把手枪而已。但是，像我说的，他十分谨慎且有条不紊，这为我们提供了莫大的帮助。他用指尖捏着那把手枪，把它捡了起来，"克拉夫特演示着，"他从枪口的气味辨别出这把枪曾于几小时前开过火。

"那晚,他把枪带回了家。并在第二天将它交到了莱顿警局。然后它被运送给了位于巴恩斯特普尔的在下。实际上,就在我今早被告知发现了两具看似溺亡、却并非溺亡并且有弹孔的尸体之后,它才刚刚被送到。有两发子弹曾从这把枪射出,指纹已被清除。我把这一切都转交给了弹道学专家赛尔登少校。我刚刚与他会面过。让韦恩莱特夫人和苏利文先生毙命的两发子弹,正是来自这把勃朗宁自动手枪。"

克拉夫特警长停了下来。

H.M. 睁开一只眼。

"啊,呃,"他昏昏欲睡地咕哝着,"你知道吗?孩子。我一直在等着听呢。"

"但少校提供的信息还不止如此。如果我们没发现这把自动手枪,肯定会认为这是一桩自杀案件,或者说,是一起完美犯罪。但是这把手枪像其他这个型号的手枪一样,有强大的'后坐力';通俗一点讲,开枪之后,持枪人的手上不可能会没有未燃烧的火药粉嵌入皮肤——"

H.M. 不再昏昏欲睡,坐直了身体。

"——像个商标一样。可韦恩莱特夫人和苏利文先生的手上都没有这样的印记。所以这不是自杀,是谋杀。"

"这毫无疑问吗,孩子?"

"您可以和赛尔登少校聊聊。他会说服您的。"

"噢,我的天!"H.M. 喃喃道,"噢,上帝啊!"

克拉夫特转向我。带着歉意,却很坚定。他那只健康的眼睛带着笑意,而另一只依然毫无生气。

"现在,医生,我们已经有了您的证词。"

"是的。但这似乎更精彩——"

"是的,"克拉夫特承认道,"这很麻烦。让我们看看它会如何发展。"

他回翻着他的笔记本。

"星期六晚上九点,被收音机里的新闻搞得心烦意乱的韦恩莱特太太跑出了房子。苏利文先生随她而去。韦恩莱特太太,或者其他人,在厨房的桌子上留下一张字条,说她要自杀。我说得对吗?"

"是的,没错。"

我知道,克拉夫特是在对 H.M. 说,而不是我。

"有两串去向悬崖边的脚印,一串是韦恩莱特太太的,一串是苏利文先生的。我们可以确定这些脚印是绝对真实的,没被动过手脚。"

"但是,"克拉夫特说,"九点到九点半之间,有人枪击了这两位受害者。枪击发生于近身距离。凶手一定是站在了他们对面,离得足够近,能接触到他们。而周遭除了克罗利医生的脚印之外,没有任何其他人的脚印。

"九点半,克罗利医生开始警觉,并出去寻找二人。他看到了那些走向悬崖边的脚印。他跟了过去,向下看了看,又回到了大宅。"至此,克拉夫特先生开始阴阳怪气起来,"我想您没有对他们二人开枪吧,医生?"

"神啊,没有!"

克拉夫特先生用他独有的方式笑了笑。

"别担心,"他安慰道,"我对这一区熟悉多年。没人比卢克·克罗利医生更不可能杀人了。"

"谢谢。"

"即便是我们糊涂到去怀疑您,"克拉夫特继续说,"也有充分的证据表明不是您杀了他们。"他转向 H.M.,"克罗利医生不是平白无故能当法医的。他当时记得要远离那些脚印,保护现场。"

"我正是对这点感到好奇,孩子。"

"实际上,他的脚印离受害者的脚印足足有六英尺远。那些脚印——所有脚印,都是平行的。如果他是凶手,他不可能离受害人六英尺远,与他们面朝同样的方向,并且在近身射击的时候也从未转身。不,他的证词经得起验证。我们相信他。"

这次我的道谢更加酸溜溜了。

但克拉夫特没接我的茬儿。"但你看,这一切把我们置于了这样的处境,亨利爵士。我不会请求您去看一眼尸体,因为他们已经在坠落的过程和在海岸线上的不断冲刷碰撞中,被毁得面目全非……"

"他们难道已经,"我说,"无法辨认了吗?"

克拉夫特咧嘴笑了:这笑容十分令人不适,他自己显然也意识到了。

"噢,不。关于那方面,不开玩笑。尸体确实是韦恩莱特夫人和苏利文先生,好吗?但无论如何,你还是应该为自己没有做这次尸检而感到开心。"

(瑞塔,瑞塔,瑞塔!)

"但就像我刚才说的,亨利爵士,处理这件案子会有一系列麻烦。我想努力自己去解决。但是如果您能给我任何建议的话,我会非常感激。

"您看,事情是这样的。两个人站在悬崖边被枪击。凶手不可能在悬崖上爬上爬下,估计他也不能飞,但同时他又能接近他们，再离开，并且在整片土壤上都不留下任何足迹。如果不是我们后来找到了凶器，那么这桩完美犯罪就会被认为是一起协定自杀案。或许目前它还是一桩完美犯罪，但我很想听听您的想法。"

第七章

H.M.的雪茄灭了。他不悦地看着它,眨了眨眼,在指尖把玩起雪茄来。

"你知道,"他说,"我曾告诉过马斯特斯——"

"您是说首席督察马斯特斯?"

"没错,我曾经告诉他,他有一个习惯,那就是总爱把自己卷入那些最耸人听闻的案件中去。似乎德文郡警署在这方面也是登峰造极。但我不知道这背后是有原因的,十分冷酷的原因,"他沉思着,"我需要的是事实,所有的事实。至此,我只是从保罗·费拉尔那里听到了一个大致情况,我们认为那是自杀。那个故事的其他部分是怎样的?"

"克罗利医生,您能讲一讲吗?您最知其详。"

我求之不得。

如果瑞塔是被谋杀的,那我想这个凶手对她一定是怀着超越基督教常理的深仇大恨——这是私人的报复。我也在回想亚历克的崩溃和在大厅的昏厥。所以我就像之前讲述的那样,从头开始讲出了这个故事。

尽管那是一个漫长的复述,但他们似乎并不觉得无聊。我们仅仅被打断了两次。第一次是保罗·费拉尔回来接他的客人的时候，被H.M.恶狠狠地赶走了，通常人们不该如此对待招待你的人；但费拉尔仅仅笑了一下就离开了。第二次是哈苹太太，也就是我家的管家。她手里拿着摇铃，沿着小径跑来告诉我们午餐准备好了。

哈苹太太是家里不可或缺的一分子。她对我们发号施令，为我们准备药物，为我们洗衣做饭——两个医生在家乖乖吞下准备好的药物，这个场景实在有些诡异。在食物开始变得紧缺的时候，告诉哈苹太太午餐要添两副碗筷，并端到苹果树下来用餐，着实需要些勇气。但我有自己的方式，并且在饭后桌子被收拾干净的时候，也讲完了我的故事。

"那么，先生？"克拉夫特紧跟着问道，"有什么令您感到惊讶的事吗？"

一直忙着把弄轮椅转向杆的H.M.，将他那双小眼睛里的尖锐目光移向一旁。

"噢，我的孩子！太多了。第一点——但我们可以先暂时忽略这个。其他的地方也同样有趣。"

他静坐着，揉搓了一会儿他的大秃头。

"首先，先生们，为什么会有人放掉了车里所有的汽油，并剪断了电话线？"

"我估计，"我说，"这样做的正是凶手本人？"

"假设那是你不讨厌的人。这样做的目的是什么？他是想要不让这种犯罪行为被发现吗？但如何达成呢？又不是在北极。你离警察局不过几英里而已。根本无法阻止犯罪暴露。如果是直截了当的完美协定自杀的话，为什么要如此节外生枝，制造谋杀的假象呢？"

"可能是约翰逊干的。"

"当然了。但我跟你打赌不是。"

"下一点呢？"

"下一点也是同样愚蠢。如我们的朋友克拉夫特所言，凶手以完美的犯罪行动脱身了。然后这个傻子离开的时候把枪扔在了最容易被发现的公路上。除非——"

"除非什么？"

H.M.沉思着。

"我还想知道关于那支枪的更多信息。比如，"他对我眨了眨眼，"在你发现车里的油都漏光了、又没法打电话之后，你走去了莱康姆。你走的路一定也是格兰杰先生发现那把自动手枪的路。你看到它了吗？"

"没有，但这不奇怪。我弄丢了韦恩莱特家的手电筒。那条路很黑。"

H.M.向克拉夫特发起进攻。

"好了，那么！"他坚持道，"你带着一队人马开车过去了。想必路上一定开了车灯。你告诉我，大概是十二点四十五分到那儿的。那时距离它被发现还有一段时间。那么你有没有看到那把该死的枪？"

"不。没有任何可疑的东西，先生。我们的车是在路的另一边反向行进的。"

"我呸！"H.M.说，两颊气得鼓了起来，样子可怖。他向后靠着，用怀疑的目光打量着我们。他将双手一起叠放在肚皮上，转动着拇指。"我不是说这其中有什么蹊跷，你知道。天哪，我只是需要信息！下一步，那张所谓的遗言字条。你带着吗？"

克拉夫特从他笔记本的纸页间找出了那张字条。如我所说，那只是一张从厨房的备忘录里撕下的小纸条，有潦草的铅笔字迹。上面写着：

> 女郎朱丽叶死了。不要有纷争。不要停留。我爱所有人。再见。

H.M.逐字逐句地大声读着，我不得不用手挡上了自己的眼睛。他严肃地看着我。

"克罗利医生，你看过这个了吗？"

"是的。"

"这是韦恩莱特太太的字迹吗？"

"也是，也不是。或许我该说是的，因为这是她情绪激动时的字体。"

"医生，你看。"H.M.感到十分尴尬，"我知道你很喜欢这个女孩。我不是出于无聊的好奇心问这些问题的。你觉得韦恩莱特太太真的是想自杀吗？"

"是的。"

"打断一下，先生，"克拉夫特警长忽然用拳头猛敲了一下膝盖，说，"正是这个。这是真正的谜团。这是让我困惑的地方。如果这两个人本来就打算要自杀，为何还要去谋杀他们？"

这是我一直都希望能弄懂的关键问题。但是H.M.摇了摇头。

"这不是重点，孩子。不一定是，我的意思是，他们可能本来是打算要自杀，结果半路胆怯了。这样的事发生过太多次了。然后一个非要置他们于死地的人，接近他们，开了枪。只是……"

他依然绷着脸，用拇指和食指轻敲着字条，似乎有还未探明的想法，像是消化不良般缠着他。

"让我们面对吧，"他说，"这就是媒体口中戏称的冲动犯罪。不必再像观星一样去寻找动机了。有两种可能：一、有人因韦恩莱特太太与苏利文有染而嫉恨她；二、有人因为苏利文与韦恩莱特太太有染而嫉恨他，所以他们俩都被杀了。"

"看起来是这样的，先生。"克拉夫特认同道。

"所以不管我们喜不喜欢，都必须要揭开这个丑闻。个人来说，"H.M.坦白说道，"我不怎么崇高，对丑闻这种事十分感兴趣。据医生所说，这位亚历克·韦恩莱特坚信他的夫人在遇到已故的苏利文之前，就与其他人有过婚外情了。"

"她对我发过誓——"我开始说。

H.M.带着歉意。

"当然。我知道。但我还是希望得到一些不那么天真和偏颇的证词。我们能跟她丈夫聊一聊吗？"

"这你得问问汤姆。现在不行，或许我应该说，短时间内都不行。"

"与此同时，您曾听说过有关这段迷醉情事的任何事吗？"

"从未听说。"

H.M.对克拉夫特眨了眨眼。"那你呢，孩子？"

"我也知道得不多。"警长犹豫了一下，"但我必须要承认，我从未听闻过关于这位女士的任何负面传闻。您知道，在这种小地方，闲话总是传得很快。"

"我们需要的，"H.M.将那张遗言字条还给克拉夫特，说，"是女性对这件事的看法，以及女人对于诽谤法则具有的精准第六感。我很有兴趣跟那边那个女孩聊一聊。"他对着莫莉·格兰杰家的方向点了点头，"她给我的印象是，非常敏感，善于观察。以及，跟她的父亲闲聊一下——"

"我们可以现在过去,"克拉夫特看了看表建议道,"现在已经很晚了,格兰杰先生应该不久就会回来了。"

H.M.在轮椅的一侧笨手笨脚地鼓捣了一番。马达的旋转声打破了宁静,音量逐渐升高并稳定为"砰——砰——砰"声。这个声音一传到高街上,便立刻得到了回应。有无数耳朵警觉地竖起,尾巴摇摆了起来,身躯紧绷。远远传来了威胁般的狗叫声。H.M.邪恶地眯起眼睛。

"呃,你们这些小混蛋!"他说,接着他的委屈像气泡般浮出,"你看,孩子:我有件事要抗议。看在上帝的分儿上,难道你就不能管管这些该死的狗吗?"

很明显,克拉夫特警长时常会觉得这位大人物十分难缠。

"没问题的,先生,您只要慢慢走就好!昨天您在费拉尔的草坪上画着'8'字走的时候,我就告诉过您——"

"我可是性情中人,"H.M.说,"远近皆知的慈眉善目、彬彬有礼。我喜欢小动物,喜欢爱抚它们,但是够了,那些人类忠实的朋友们今早差点置我于死地。如果我不得不像位坐在雪橇上被群狼追赶的俄罗斯大公一样,才能穿过这条路的话,那我觉得这可真算是种该死的迫害。"

"我会走在您前面,把它们赶开的。"

"还有一件事,"H.M.小声说,"我们见到那个女孩的时候——"他又一次向莫莉家的方向点了下头,"该跟她说什么呢?人们依然觉得这是一起协定自杀。我们应该透露这是谋杀吗?还是先隐瞒?"

克拉夫特摸了摸自己的下巴。

"我不知道我们怎么能隐瞒这件事,"他判断道,"无论如何,星期三都会有审讯。所以如果我们想在那之前了解一些情况的话——"

"那就直接告诉她?"

"我想,是的,就这样做吧。"

H.M.如同坐在弹簧上一般,在花园小径上颠簸穿行着,对距离掌控自如。格兰杰一家——父亲,母亲,和女儿——住在一座不大但十分干净整洁的房子里。起居室中那扇长长的飘窗开着,屋里有人在弹钢琴。

当我们将H.M.抬起来走上大门台阶的时候,有位穿着整洁的女佣将我们迎进大厅,并带向起居室。那间白色房间里的家居设置处处体现着布置的用心和品位。史蒂夫·格兰杰的房子里没有一处是凌乱或者不和谐的。

莫莉看到我们十分吃惊,从飘窗旁的三角钢琴前站起。

我想,我们三个都有一些犹豫,清着喉咙准备要发声。最后是我开了口。

"莫莉,"我说,"今早你说,就这起不幸的事件有一些想法要告诉我。我是说,瑞塔·韦恩莱特和巴里·苏利文。你有什么东西想给我看吗?"

"噢,那个啊!"莫莉毫无兴趣地说,她伸出一只手指按下钢琴上的一个高音键,"那个是我搞错了,卢克医生。我——我很高兴是我错了。那很糟糕。"

"但你想让我看的是什么?"

"没什么,"莫莉回答,"只是一本旧的谜题游戏书。"

"哇!"H.M.兴致勃勃地说,这一声让我们都回过了头。莫莉迅速扫了他一眼,然后手指又落在了琴键上,"我想知道,我们想的是不是同样一种谜?但是没用的,我的女孩。太简单了,饶了我吧,要是一切都那么简单就好了!"H.M.叹息道,晃了晃他的拳头,"无论如何,我还是想知道,我们想的是不是同样一种谜?"

我的思绪深处朦胧而跃动地浮现出一丝回忆,好像这起事件中的某人也提到过什么谜题。但我记不起是谁。

"我也想知道,"莫莉微笑道,"但是请大家坐吧!我去找找母亲。她就在花园里。"

"小姐,我们更希望您不要这么做,"克拉夫特警长阴沉地说,"我们只想跟你单独聊聊。"

莫莉笑了一下。

"好吧!"她的呼吸乱了,一屁股坐在了琴凳上,"可还是请坐吧!您想了解什么?"

"小姐,您介意我把门关上吗?"

"不,完全不介意。到底是……"

克拉夫特把门关上了。他一边拿了一把凳子来、将他瘦长的身体坐在边缘,一边用与刚才同样阴沉的认真语气说。

"小姐,我接下来要说的话可能会让您吃惊,希望您能做好准备。"

"是什么?"

"韦恩莱特太太和苏利文先生不是自杀的,甚至不是淹死的,他们二人都是被人谋杀的。"

一片寂静。壁炉上的钟表微弱得嘀嗒作响。

看得出来,这个女孩震惊不已。她张着嘴,手悄无声息地落在了琴键上。她蓝色的眼睛看向我,寻求确认,我点了点头。莫莉用低哑的声音说。

"在哪儿?"她问。

"悬崖边。"

"他们在悬崖边，"莫莉用不可思议的语气重复道，"被谋杀了？"

说出"谋杀"这个词的时候，莫莉探头向挂着蕾丝窗帘的窗户看了看，好像担心街上会有人偷听似的。

"是的，小姐。"

"但这不可能啊！只有他们俩。除了他们俩的脚印，没有别的脚印了——至少我了解到的是这样。"

克拉夫特保持着他的耐心。"我们对此深信不疑，小姐，但这是事实。他们是被一个看起来会飘的人谋杀的。我想请您暂时对此严格保密。但事情就是这样。我们觉得也许您能帮我们。"

"他们是怎么——被杀的？"

"枪杀。您听说那把零点三二英寸口径的自动手枪——"

H.M.十分不快，他用力清了清嗓子，打断了这句话。他挺直的脖子就像迪士尼电影里的龙。这吓了莫莉一跳，她在钢琴上按出了一个十分刺耳又不和谐的和弦音。

"正如警长所说，"H.M.温和地陈述道，"我们遇到了一桩漂亮的完美犯罪案件。我在伦敦有位叫马斯特斯的朋友。如果他来的话，肯定会大发雷霆。所以我希望当地居民能更认真地对待这件事。"

"但您是怎么知道他们是被谋杀的呢？"莫莉追问道，"这本身难道不就是一个不可能的假设吗？"

"一言难尽啊，我的姑娘，这可以之后再说。既然在实证调查方面已经无路可走了，我们觉得可以换条路试试。现在，告诉我，你跟韦恩莱特太太很熟对吗？"

"是的，挺熟的。"

"你喜欢她吗？"

莫莉带着苦笑看着我。

"不,不太喜欢。请别误会我。我不是不喜欢她。只是觉得她有些做法很傻。我觉得她太喜欢跟男人眉来眼去了——"

"你不喜欢这一点?"

"我有更好的生活方式。"莫莉拘谨地说。

"所以呢?"

莫莉急匆匆地说:"关于这一点,也请不要误会我。我对瑞塔这个人完全没有意见。但是整天想着这种事,实在有些傻。"

"想着什么?"

莫莉的脸颊缓慢泛起一阵绯红。"情情爱爱,当然了,还能是什么。"

"噢,我不知道。人们表达自己时的遣词造句总是不尽相同。但我真正想问的是这个。在苏利文之前,她是否有过其他认真的婚外恋情?这个问题并不是出于无聊闲散的好奇心。"

"我猜您需要一个诚实的答案吧?"她用为难的口气说,然后抬起头,"诚实的答案就是:我不知道。您看,我说她和别的男人眉来眼去,并不是说她真的有所行动。她没有。我总是觉得她对韦恩莱特先生十分忠诚。您到底想知道什么?"

克拉夫特打断道。

"我们在找的是动机,小姐。我们想知道,有没有人对韦恩莱特太太在乎到发狂,会因为她爱上别人去杀了他们俩。"

莫莉瞪着我们。

"但当然了,"她忽然说,"你们自然是不会对那个可怜的韦恩莱特先生有所怀疑了?"

直到此刻,我可以诚实地说,亚历克会跟这起事件有任何关系这种想法,都从未进入过我的脑海。离某人越近的时候,你反而越盲目，越看不到他。

不管这种推理多有道理，任何与此有关的想法都还是藏在我那先入为主的成见背后。但是，看看警长和H.M.，我就知道，他们从未被这种盲目遮蔽过。

克拉夫特警长微笑了一下，像是哈姆雷特父亲的阴魂。

"这……没有，"他回答说，"我们没有这样想过，小姐。因为我们不能。这就是问题所在。"

"我不明白。"

"当某人的妻子被杀，尤其是这样被杀的时候，"克拉夫特继续道，"自然你要想听证的第一个人，就是她的丈夫。"

"那个友好的小个子男人？"莫莉大叫道。

"任何一位丈夫，"克拉夫特说，用手臂比画着，将这个群体纳入他用手划出的范围内，"但是，据克罗利医生所言——我们相信他——星期六晚九点到九点半之间，韦恩莱特先生一直都和克罗利先生在一起。

"即便我们假设，"克拉夫特带着他心不在焉的笑容转向我，补充道，"他在九点半之后，去做了些掩盖证据、清理现场，诸如此类好笑的事。直到他昏倒前，克罗利医生都是跟他在一起的。如果医生提供给我们的是对当时情况准确的形容，那么他昏倒后，是完全无法下床的。"

"他肯定是没办法下床的，"我赞同道，"我可以对《圣经》发誓。"

"你看，"克拉夫特解释道，"我们必须探寻另外一种可能性。这桩案子图的不是钱财一类的身外之物。我们要找的，是那个恨他们恨到要把他们一起杀了的人。这个动机是隐蔽的，私人的。在我们看来，小姐，答案就在韦恩莱特太太的这段婚外情里。

"您刚刚说过,您一直'觉得'她对她的丈夫十分忠诚,但您好像也不是特别确定。小姐,有什么能告诉我们的吗,或许我应该提醒您一下,说出事实是您的义务。您能告诉我们些什么吗?"

莫莉脸上露出了厌恶的表情。低下头,碰了碰琴键,动作轻柔,好像感到害怕而不敢触碰似的。犹豫,紧张,怀疑,全部在她脸上一览无遗。

然后她深吸一口气,抬起头。

"是的,"她回答道,"恐怕我有话要说。"

第八章

"我不想把这件事说出口，"莫莉抱怨道，高高耸起一边肩膀，"因为它听起来让人不适，而且显得非常可鄙。但我并非有意为之。如有需要，您可以讲给其他人。"

"这件事是什么，小姐？"

"事情发生在今年春天，大概四月份。我不太确定具体日期。那是一个星期日，我正在外面散步。您知道从主路分出的通往三英里远的贝克桥的那条小道吗？"

克拉夫特警长张开嘴想要说些什么，又合上了。只是点了点头。

"我总会转向那条小道，走向贝克桥，然后再沿同样的路返回莱康姆。我那天走得很快，因为快要日落了。那天空气特别潮湿，树叶刚刚开始变绿。沿着小道走两百英尺左右的地方有一座小小的石房子。多年前，有位艺术家把它当画室，但是很久没人用了。您知道我说的是哪个吧？"

"是的，小姐。"

"距离那座房子大概三十英尺远时，我就注意到有辆车停在它旁边。一辆捷豹SS，是瑞塔的车，尽管当时我没一下子认出来。房子已经十分破败了，画室曾经的玻璃房顶，现在已经破碎而凌乱。有两个人站在门前，半边身子在里面，半边在外面。一个是穿着亮红色毛衣的女人——这抹颜色是我在那个昏暗的傍晚关注到她的唯一原因。另外一个，是个男人。我看不出他到底是谁或者他长什么样子。他站在门廊里。"

"那个女人环抱着他。我不是故意的，但这就是我看到的。"莫莉的表情轻蔑而愤怒，"那个女人从他怀里逃开了。尽管我不能确定她到底是谁。她飞奔着跑开，穿过泥泞，向她的车跑去，然后上了车。车卷着地上的残叶启动了，转了个圈，朝我开来。这时我才认出来车上的人正是瑞塔。

"她好像没看到我。我怀疑她根本什么都没注意到。她看起来……呃，仪容凌乱，表情疯狂，一副痛苦的模样，好像她从来都不曾快乐过一样。在我开口叫她前，车已经飞速超过了我。我也不是非要叫她不可。我在想我是该继续向前走，还是回去，但我想，如果不继续向前走的话，就太刻意了。我没看到那个男人。

"这就是我能说出的全部了。可能不是太多。我也不知道这是不是能证明什么。但是您要是问我，她的生活里是不是有什么我们有所不知的人。是的——或者说，曾经是的。"

克拉夫特拿出笔记本，然后在上面写了不少字，这似乎让莫莉心烦意乱。

"我知道了，小姐。"他的声音波澜不惊，"您说这一切发生在通往贝克桥的路上，是吗？大概离韦恩莱特家有半英里远？"

"没错。"

"您完全没认出那个男人是吗？"

"是的，只能看到他的轮廓和双手。"

"他是高是矮？年轻还是年长？胖或瘦？这些也说不出来

吗？"

"对不起，"莫莉说，"这是我能说出的一切了。"

"您没听到——是的，我们可能要问些过分的问题。您从未听说过韦恩莱特太太和村子里的什么人之间的流言蜚语是吗？"

莫莉摇了摇头。"没有，我没听说过。"

H.M.一动不动地坐了许久，闭着双眼，嘴角下弯，表情中弥漫着一种强烈的不屑。

"这么说吧，"他说，"我们已经听了不少有关韦恩莱特太太的故事。您能告诉我一些关于苏利文的事吗？比如说，您能告诉我他的真名是什么吗？"

此话一出，着实让克拉夫特、莫莉还有我都感到十分震惊。

"他的真名？"莫莉重复道，"他的真名难道不是巴里·苏利文吗？"

"这代人，"H.M.说，"简直无知到能把我头发气白了，要是我有头发的话。噢，我的姑娘！这个时代，如果有演员有种叫他们自己大卫·盖里克[①]或者埃德蒙·凯恩[②]，你作何感受？"

"我会觉得，"莫莉深思熟虑地回答，"这是个艺名。"

"啊哈。真正的巴里·苏利文是十九世纪一位著名的爱情片男演员。也许有这么一位苏利文太太为她帅气的儿子起名为巴里。但是，联系戏剧背景看的话，这个有趣的细节确实值得一番研究。"

H.M.沉思着。

"如果你觉得有什么蹊跷的地方，"他继续说，"你可以去伦敦的驻英美领事馆一探究竟，或者通过演员协会去了解一番。再

[①] 大卫·盖里克（David Garrick, 1717–1779），英国演员，诗人，戏剧家。
[②] 埃德蒙·凯恩（Edmund Kean, 1789–1833），英国悲剧演员。

或者，去他卖车的地方问问。"

克拉夫特点头。

"我已经跟刑事调查司打过招呼了，"他回答，"关于这件事，我一会儿再告诉你。"克拉夫特一向平静的脸一时血色充盈，让我有些意外。他不断清嗓子，似乎对巴里·苏利文的话题并不感兴趣。

"告诉我，小姐。你确定那是通往贝克桥的路吗？"

莫莉双眼圆睁。"上帝啊，我当然确定了！我这辈子都住在这里。"

"你父亲昨天或者今天有对你说些什么吗？"

莫莉对他眨了眨眼。"我父亲？"重复道。

"难道他没告诉你，星期六晚上，他在主路上发现了一把自动手枪，而不是贝克桥入口处十英尺外的地方？"

这次轮到克拉夫特让我们所有人震惊了。H.M.破口大骂。老派如我，觉得不该在莫莉这样的女孩面前说这样的话，但是莫莉几乎没听到什么。很明显，她沉浸在讶异中。克拉夫特继续解释。

"没有，他在家时，绝对没跟我们提起任何事，但是——估计他也不会对我们提起的。他一向不会对母亲或者我说太多。"

"他没有任何理由去判断有意外发生，小姐。"警长指出，"连我们自己都不知道，直到今天上午，才知道是那把枪杀死了他们。"

"父亲知道的话肯定会气急败坏。"莫莉大叫道。

"气急败坏？为什么？"

"因为他痛恨被卷入这种事里，即便只是作为发现枪的那个人，"她反驳道，"他说对律师来说，几乎所有事都会带来麻烦。

他知道我跟那可怜的瑞塔一直有所往来的时候……即使她已经死了……"

那位穿着得体的女佣敲了敲门，探进头来。

"我是不是该端茶来了，莫莉小姐？"她问道，"格兰杰先生刚刚回来。"

史蒂夫·格兰杰曾是——或许我应该说正是，但是请允许我保持时态的统一——一个瘦削而结实的五十多岁中年人。后背总是挺得笔直，走路如同弹簧般跃动，他自有一套精准而充满自信的仪态。他十分帅气，骨相清晰的脸线条分明，皱缩的皮肤映着正在变灰的头发，他留着狭窄的灰色胡子，穿着入时。他进屋的时候手里拿着晚报，而克拉夫特却干脆把新闻带到了他眼前。

"天哪！"他说，"我的天！"

他站定了一会儿，瞪着我们，深灰色的眼睛里充满怀疑，不停用那份卷起的报纸抽打自己的左手掌。

然后迅速转向莫莉。

"你母亲呢，亲爱的？"

"在后花园里呢。她……"

"那你最好去找她。告诉格拉迪斯暂时不用上茶。"

"如果您不介意的话，爸爸，我倒是更想……"

"你最好还是去找她吧，亲爱的。我想跟这些先生们聊聊。"

莫莉离开的时候，脸上没有一丝不快。史蒂夫继续用那卷报纸击打左手掌，他身材结实，充满活力，有锐利而充满智慧的眼睛。他在房间里转了一圈，然后决定在我们对面的椅子上坐下来，眉头紧皱。

"这件事十分令人为难。"他宣称道。他瘦骨嶙峋的手做了一个向外的手势，"令人不快，是的。但也很令人为难。你们能发现尸体已经是个奇迹了。"

克拉夫特点了点头。

"我也是这么想的,先生。海岸线风大浪急。但我们的确找到尸体了,并且找到了那把枪。多亏了您。"

史蒂夫的眉头皱得更紧了。

"是的。老实说,"他的语气精神头十足,"要是我当时知道这个东西的用途的话,我不太确定是否还会把它交给你。这可能是市民意识不够强的表现。但事情就是这样发生了。"

他修剪整齐的指甲,如同敲鼓般轻击着椅子加了衬垫的扶手。

"麻烦了!"他补充道,"麻烦了,所有人都有麻烦了。"

"我想知道,先生。您能不能告诉我们关于那把手枪的一切?"

"您看,警长,"史蒂夫说,他冷漠的口吻一如既往,"您不会觉得我跟这件事有关系吧?"

"不,不,先生!我只是——"

"那就好。我很高兴听到您这么说。"史蒂夫有些阴冷地笑起来,"您已经找到尸体了。那么!如果没有发现枪支的话,您依然还是会相信这是一桩协定自杀案件。都是因为您发现了这么一把后坐力与众不同的枪,您才觉得真相或许是另一番模样,如果我跟这二人的死有任何关系,您觉得我还会这么帮忙地把这把枪交给你吗?"

克拉夫特笑了。

"不一定。我的意思是,您是当地志愿自卫队的领头人物,"我们也叫它地方军,"您或许在别的地方也见过它。"

"我说不好。很难辨认。您也注意到了这把枪的注册号没有备案吧?"

"是的,先生。"

"坦白说,警长,请您指正:我对您是否能找到这把枪的归属存疑。过去,任何人买枪都必须出示执照,那时一定很容易追踪。但现在呢?几乎任何人想要枪的话都能买到。"

史蒂夫的不满正在升腾。他的手肘支在椅子把手上,指尖聚在一起,双眼半眯。我一直觉得这是一种清醒的做作。他维持着这个姿态许久,可能他自己都忘了这个模样看起来有多傲慢。

"我注意到部队的军官们都有一个糟糕的习惯,"他说,"当他们去到一间餐厅、俱乐部或者剧院的时候,经常会解下他们腰上的枪套皮带,任由它们公开挂在衣帽间里或者别的什么地方。现在这些日子,军官们拿的都是自己喜欢的样式和口径的枪。被偷的数量怎么会不上升……"

"您觉得可能是这样?"

"我不知道。我只是说出我的想法。"史蒂夫稍稍转了一下脑袋,"我相信这位,"他以赞同的语气补充道,"就是大名鼎鼎的亨利·梅里维尔爵士?"

"正是。"H.M.答应道,他刚刚在以奇怪的对眼盯着他撑在面前的拐杖。

"很荣幸您能莅临寒舍,亨利爵士,我们有位共同的朋友,我没少从他那里听说您的故事。"

"噢?是谁?"

"布莱克洛克勋爵,我的一位客户。"史蒂夫脱口而出。

"老布莱克?"H.M.饶有兴趣,"他最近如何?"

史蒂夫向后坐了坐,换了个舒服的姿势,为有关大人物的对话做着准备。

"恐怕他身体不太好,确实不好。"

"我猜也是,"H.M.附和着说,语气中带着富有人性关怀的温暖,"他去纽约之后,就变得大不相同了,酒精灯里的酒都能被他喝光。"

"真的吗?"短暂沉默后,史蒂夫说,"我印象中他一直不擅长喝酒。"

"都是他妻子的功劳,"H.M.主动向克拉夫特和我解释起来,"她是布里斯托① 海峡西部最讨厌的老女人,但她确实能管住布莱克。"

史蒂夫似乎后悔开始了这个话题。

"话说回来,"他机械地说,"布莱克洛克勋爵似乎对您很不满意。"

"老布莱克对我不满意?为什么?"

史蒂夫笑了。"我听说他邀请您去他的乡下的庄园消暑。而您,他说,选择去跟这位,叫什么的朋友,待在一起?"

(史蒂夫清楚知道是谁,但他还是打着响指,假装不知道。)

"保罗·费拉尔?"

"就是他,"史蒂夫说,"一位艺术家。"

"我不明白我为何不该来找这位年轻朋友,"H.M.说,"他正在为我画像。"

此后的寂静中,H.M.似乎被某种深刻的怀疑击中。他调整了一下眼镜,视线慢慢扫过我们所有人,精力集中地努力研习每张脸上的表情,试图寻出一丝可疑的痕迹。

"在场有没有任何一位,"他不失挑衅地咕哝道,"能告诉我,是否有什么我不该找人为我画像的原因?是否有什么我不能找人

---

① 布里斯托(Bristol),英格兰西南部最大的城市,英格兰八大核心城市之一。

为我画像的原因？嗯？"

（我能想到一个原因，一个美学层面的原因，但是似乎闭口不提才更明智。）

"那位年轻人，"H.M.继续发威道，"是我小女儿的一位朋友。他给我写了一封信，内容令我感到冒犯至极，我可收过不少信。他说我长着一张他所见过最为好笑的脸，即便是算上他在巴黎度过的学生时光，都无人匹敌，他问我能否来这里让他画像，这样他就能把这副模样保存给子孙后代观览？这对我是莫大的侮辱，先生们，所以我出于好奇心决定来看看。"

"然后住了下来？"

"没错。我要为那家伙说句话：他待我十分公平。画得很不错，我打算把那幅画买下来。可还没画完，因为有些小心眼儿的狗把我弄成这样了。"H.M.把脚伸到地毯上，"我想画个站像，但是我每天只能站一小会儿。"H.M.吸了吸鼻子，谦虚地补充道，"他把我画成了一位古罗马的元老①。"

连克拉夫特警长都目瞪口呆。

"画成了什么，先生？"

"古罗马的元老。"H.M.重复道。充满质疑地端详了克拉夫特片刻之后，他无比庄重而尊严地挺起胸膛，将一条想象中的托加袍①扔向了肩膀一边。

"我明白了。"史蒂夫·格兰杰波澜不惊地说，"我想费拉尔先生必定是取得了一些成功。"

"你不喜欢他，对吗？"

"恐怕，亨利爵士，我对他的了解还不足以语喜恶。可能我

---

①元老，古罗马时代权政机关元老院的官职，相当于现代社会的参议院。
①托加袍，古罗马男子的服饰，为宽大的半圆形羊毛制褶皱长袍。

是一个老派的以家庭为主的男人,但是我不大喜欢波西米亚式的生活做派。就是如此。"

"您怎么看韦恩莱特太太?"

史蒂夫从椅子上起身。走过钢琴,来到窗边,打开一片蕾丝窗帘,看向街道。在这过程中,我注意到他看了看墙上镜子里的自己。史蒂夫,像我们中的大多数一样,有他的虚荣之处。

"韦恩莱特太太和我,"他回答道,"一年前曾有过激烈的口角。有人告诉过您吗?从那以后,我们就再没有往来了。"

然后,他从窗边转过身来,语气坚定地说。

"那次口角发生的原因我无可奉告。韦恩莱特太太希望我能帮她做些事,专业层面的事,我认为不道德的事。这是我能告诉您的全部了。"

"我努力劝说过莫莉,让她不要总和韦恩莱特待在一起。请理解我:莫莉有权主宰自己。她过自己想过的生活,也在理智范围内有权利这么去做。但韦恩莱特这类人和以波希米亚风格过活的这类人实在让我没什么兴趣。我对莫莉的择友十分谨慎。我也是这么对她说的。"

这时,我感到需要对此提出抗议。

"让我们说说,"我言辞激烈地说道,"您所说的'韦恩莱特这类人'具体是什么意思?您不会觉得星期六晚上玩玩桥牌和红心大战也算是波希米亚生活方式的一种吧?去他的,我就是这样的!"

史蒂夫笑了。

"卢克医生,我所说的'韦恩莱特这类人',是指韦恩莱特太太本人和她年轻的追随者们。"

克拉夫特警长咳嗽了一下。"好了,先生。我们在找一个人。

您女儿看到的,在贝克桥路附近那间旧石制画室里和韦恩莱特太太在一起的那位。"

史蒂夫的面颊和下巴上的皮肤紧缩了起来,好像苦行僧皮下僵硬的、瘦骨嶙峋的脸。但他柔声说道:

"莫莉不该告诉你这些。这实在是草率,或许都足够她被控告了。"

"您对您女儿说的这些话不会有所怀疑吗?"

"完全没有。尽管我经常觉得她想象力太过丰富。"史蒂夫摸了摸下巴的一侧,"至于画室的事,大概可能是一次无罪的调情吧……!"

"最终导致了一次谋杀?"H.M.质问道。

"作为一位律师,先生们,容我告诉你们几句。"

史蒂夫回到了座椅上,舒服地坐好。

"你们永远也无法证明这件案子里还有一位凶手,"他双手的指尖互相轻轻地点着,陈述道,"我再告诉你们一件事。费力去证明这是一桩谋杀案只会是徒劳一场。这是一起协定自杀案,任何一个验尸陪审团成员都会得出这样的结论。"

克拉夫特开始反驳,但史蒂夫举手示意他保持安静。史蒂夫细长的胡子边缘浮出了一丝笑意,但这笑并没有延展到他的眼睛。他表情严肃,诚恳而深沉。我几乎可以发誓,他对自己说出的每个字都深信不疑。

"先生们,我考虑得越多,就越相信他们是协定自杀的,"他确认道,"您的谋杀推论基于什么证据?基于两点:一、二人手上没有火药粉的残留;二、发现枪支的地方距案发现场有一定距离。对吗?"

"是的,先生。这对我来说就足够了。"

"那么，让我们来看看。"史蒂夫将头靠在椅背，"让我们来做一个假设。韦恩莱特太太和苏利文先生决定自杀。苏利文弄到了一把自动手枪。他们走向了悬崖边缘。苏利文先对她开了枪，然后自杀。他右手戴了一只……什么？手套？"

起居室非常安静，只有钟表走动的声音。

我开口了："他开枪的手上戴着一只手套？"但是就在我说出口的那一瞬间，法医学中的某些案例以及我自己的部分经验，带着令人紧张的清晰感扑面而来。史蒂夫·格兰杰继续说："别忘了，这是自杀者通常都会有的习惯。自杀者为了不'伤害'或者'弄疼'自己，会精心布置。上吊的人通常都会在绳子上垫上软垫。很少，或者说几乎没人会瞄准自己的眼睛，尽管这样做命中率也很高。用煤气自杀的人会在炉子旁放上垫子来保证头部的舒适。

"这把枪有尤其强大的后坐力。后坐力也意味着持枪人的手上会伴着剧痛留下火药斑点，甚至可能是严重的烧伤。苏利文在瞄准自己之前还要先对韦恩莱特太太开枪。那么他要戴手套这件事，难道不是很自然……实际上，无法避免的吗？"

H.M.和克拉夫特都一言未发，但我还是能察觉到后者脸上受惊的表情，并且以几乎让人看不清的幅度点了点头。

史蒂夫·格兰杰冲着后方的一面书墙点头示意了一下。

"我们家的人可都是忠实的犯罪小说读者，"他带着无辜的歉意说，"那么我继续说了。警长，被海水冲刷到岸边的尸体的衣服，是否基本上都至少有一部分或者全部被撕裂？"

克拉夫特嘟囔了一下。

他那只玻璃眼似乎变得更加自然了。他在笔记本上上下翻找着。

"的确是这样的，"警长承认说，"我了解到过往的一两个案例中，尸体被冲上岸的时候，除了鞋子还在，几乎是一丝不挂的。鞋子永远不会丢失，因为皮革会缩水。韦恩莱特太太和苏利文的衣服都还在，只是都已经褴褛不堪。但您的意思是——第一件要找的东西，是一只被撕裂的手套？"

"我正是此意。"

说到这里，史蒂夫犹豫了，试图去咬他胡子的边缘。

"不好意思，"他冷冰冰地说，"接下来这部分，对我来说不太愉快。这会冒犯到一位老朋友。但也没办法。"

他直直地看向我，轻声说道：

"卢克医生，公平来说，除当事人之外，现场唯一的脚印就是您的。我们都知道您多么喜欢韦恩莱特太太。您一定对她会因为无法对丈夫保持忠诚而自杀这件事，感到痛恨吧（承认吧！）。"

"那把枪一定是掉到了'爱人之跃'边缘的那块半圆形灌木丛中了。您趴在那里向悬崖边看的时候，大可用拐杖够到那把枪，并把它钩过来。该死，您一定是这么做的！然后您拿着它，在回家报警的路上，将它丢在了路边。"

史蒂夫看向其他人之前，又看了我一眼，那眼神里满是严厉的非难，又夹杂着同情。他身体向下弯，手掌朝上，额头横向皱纹的沟壑里布满愧疚。

"说说你们的想法吧，先生们。这是唯一一说得通的解释。"他宣称。

（这时，H.M. 充满好奇地看着他。）

"这是陪审团会接受的唯一解释。你明白吗？同时，这也是事实。那张遗言字条确认了这一点。事实确认了这一点。我们都很喜欢卢克医生——"

克拉夫特嘟囔道。

"——我们都很感激他善意的初衷。但是这其中也充满了危险!"史蒂夫说,"以及不公!如果卢克医生愿意承认他撒了一个善意的谎,我们就可以避免一连串的丑闻、不愉快、审判和对完全无辜的人的审讯纠缠。"

寂静再次来临。克拉夫特从椅子里舒展身体,低头看向我。他们三个人都意味深长地看着我,带着一种笃定的怀疑。

"可我并没有那么做!"我回过神来后冲他们喊道。

如何解释?如何才能解释,我真希望事实是他说的那样,如果这能带来好的结果,那我会高高兴兴地去撒这个谎。但这就是谋杀,发生在我的好友身上的谋杀,凶手必须要得到他应有的惩罚。

"没有吗,先生?"克拉夫特警长用奇怪的语气说。

"没有!"

"卢克,我亲爱的老朋友!"史蒂夫告诫道,"想想你的身体!"

"去他的身体!如果我说的有半点谎话,"——史蒂夫伸手制止——"那我现在就去死。我不想伤害任何人。我不想伪造一桩丑闻。我痛恨丑闻。但是事实就是事实,我们不能随意篡改。"

克拉夫特拍了拍我的肩膀。

"好吧,医生,"他友好的语气反而让人感觉更加不祥,"你坚持这么说的话,那就先这样吧。我们出去走走,忘了这一切,好吗?"

"我告诉你——"

"除非格兰杰先生还有话要说?"

"没有了,恐怕没有。"史蒂夫起身,"你们要喝杯茶吗?"

当我们拒绝了这个邀请的时候,他却显然十分释然。

"好吧,或许你是对的。我想医生需要躺下来,检查一下身体。审讯是什么时候?"

"后天,"克拉夫特说,"在莱顿。"

"啊!"史蒂夫点了点头,看了看表,"我得跟雷克斯先生聊一聊。他是验尸官,对吗?他是我十分要好的朋友。我要向他转达一下我们的想法,我相信他能说服陪审团去了解真相的。下午愉快,先生们。希望你们有个美好的下午。今晚我有太多要思考的事了。"

他站在门口,神态甚至有些快活,双手插在口袋里,微风吹过他的头发,我们推着 H.M. 走过小路,来到街上。

第九章

"我再说第五十次,也是最后一次,克拉夫特警长,我没有。"

"可你也听到格兰杰先生的话了,医生。这是唯一一种可能!"

"你今早还觉得这是一起谋杀案呢。"

"啊!因为我没有聪明到能想出这样一种解释。看,现在。"

很明显,克拉夫特的耐心正在消失。他和我坐在那辆大警车的前座,在路上飞速奔驰着,驶向韦恩莱特的大宅。

我们把H.M.和他的轮椅安置在后座,他的椅子被折叠着放在过道里,H.M.本人则坐在后排。他那对粗胳膊交叠在木桶般粗壮的胸脯上。车窗开着,风吹起了他那秃脑袋两边的两撮头发,看起来仿佛长了角。车行两英里,他一言不发。一直都是克拉夫特警长担任发言者。

"这说得通,你看不出来吗?"他坚持着,那只正常的眼睛转向我,"这里面没有任何一点能被反驳。有三行脚印,"他演示道,"去往悬崖边——"

"认真开车吧!"

"好吧。他们的脚步停在了杂草附近,大概四英尺远的地方,那是悬崖上唯一一小片杂草。你的脚印停在你趴在地上向下看出去的地方。的确，这几串脚印是平行的。你的脚印距离他们的有六英尺远，这也是真的。"

"很好！"

"但是，"克拉夫特指出，"你也听到格兰杰先生的话了。那把枪掉在了草丛里，那是你完全可以伸手去用拐杖够到的地方……"

"什么拐杖？我从来不用拐杖。你去打听打听。你以为我是什么人：一个摇摇欲坠、行将就木的干瘪老化石吗？"

这时，我想我听到了从车后座传来的声音——刻意吸鼻子的声音以及微小的表示赞同的声音。但克拉夫特满脑子都是其他的事。他专注地看着前方的路。

"顺带一提，医生。我刚想起来。"克拉夫特清了清嗓子，"一月份，我的孩子生病的时候，您几乎每晚都来给他看病，连续三个星期。您还没发来账单呢。我们欠您多少钱？大概？"

话题转换得实在让人摸不着头脑，让我惊讶。这一刻，没有什么是比这让我更不关心的事。

"我的好克拉夫特，我怎么会知道呢？我还没时间去考虑这些。问汤姆吧，他可能知道。"

"他可能也不知道，"克拉夫特说，"这么久以来，他跟你一样头脑不清又疯疯癫癫，他也很少寄账单来，还经常寄错人家。我这是在为你着想！"

"听着：我不需要什么钱。"

克拉夫特握紧了方向盘。

"或许不。但你要是不用别人帮忙的话，就活见鬼了。这个审讯——你知道——是星期三。你作证的时候是要宣誓的。这你也知道吧?"

"当然了。"

"审讯的时候,你要说的也跟你告诉我们的一模一样?"

"为什么不呢?我说的都是实话。"

"听着,"克拉夫特说,"陪审团几乎肯定会判定是协定自杀。他杀了她,然后自杀。这样的话,他们肯定会增加一条附加意见说你篡改了证据。这样的话(现在你明白了吗?),我们就不得不以伪证罪逮捕你。"

这是一个精妙的思路,我必须承认我之前从未想到。

我已经过了那个会享受因为说实话而遭遇冷酷对待的年纪了。对年轻人来说,这样似乎很崇高,尽管我从来都不明白那是为什么。就像伽利略,如果能因此得到安宁,我情愿跪下来,否认地球在转动。但这次我面对的是个私人问题。

"你的意思是,"我说,"你不想逮捕你的债主?"

"差不多是这么回事,"克拉夫特承认道,"如果你能说实话,就会省了我们所有人的麻烦!"

"我保证,所以帮帮我吧,我会说出实情,全部的实情,只说实情。"

克拉夫特充满怀疑地盯着我。看得出他或多或少有些疑惑,并且感觉来到了一个死胡同,因为他知道我不是个爱撒谎的人,可现在又有明显的证据,去证明事情是他们说的那样。所以我不怪他。如果我是他,我也不会相信自己的。他向后座转去。

"您怎么看,先生?"他问,"像格兰杰先生说的那样,这是唯一一种可能。"

"呃……这,"H.M.咆哮着,"'唯一一种可能',就是这个词,让我一直以来无法相信这件事。"

"您不相信它，因为它是唯一一种可能？"

"是的，"H.M.简单回答道，"我真希望马斯特斯也能听到你这么说。"

"可您听说过，有会飘在空中的谋杀案凶手吗？"

"噢，我的孩子！你不了解我的过去。我还见过死了又没死的家伙呢。我见过用同一双手伪造出两串不同指纹的人。我还见过有人能把阿托品①弄进无人触碰过的玻璃瓶里。"他吸了吸鼻子，"至于会飘在空中的凶手嘛，我正期待着有天能见到一位。也算是让我这个老头子被扔进垃圾桶之前，有个完美的结局了。"

"什么垃圾桶？"

"别管了，"H.M.怒视着我，"听着，医生。我们假设你说的都是实话。"

"谢谢。"

"星期六晚上你去向悬崖边的时候，注意到了有把枪躺在那儿吗？"

"没有。"

"那么，要是有这么一把枪的话，你觉得你会注意到吗？"

"我不知道。"当时的画面再次浮现，生动而痛楚，"我没心情去注意任何事。在我印象中没有枪，但我不能保证。"

"好吧，聊点儿别的。"H.M.放开交叠在胸前的胳膊，指向克拉夫特，"自动手枪的子弹发射后会有弹壳留下，警方有发现任何掉落下来的弹壳吗？"

"没有。但您看——"

"我懂，我懂！又是犯罪学基本知识之一吧。发射过的弹壳

---

① 阿托品（Atropine），一种抗胆碱药物，有刺激或抑制中枢神经系统的作用。

不会直线滚出，它们会伴着巨响向高处弹出，方向偏右。它们可能早就弹到海里了。你们看过悬崖边了吗？"

"没有，先生。我们到达现场的时候潮水已经涨得很高，大概有三十英尺。我知道尸体肯定已经被冲走了。所以至于两个小小的黄铜弹壳……"

"尽管如此，你们有去看看吗？"

"没有，先生。"克拉夫特犹豫了一下，"说到犯罪学基本知识，您怎么看格兰杰一家？"

"我挺喜欢那个女孩的。但是，你知道吗，我一般不太信任那些激动地说自己对男孩们一点兴趣都没有的少女。这通常意味着，事实恰恰相反。就像——"

H.M.短暂闭了一会儿眼睛。嘴角向下弯去。他再次交叉起了那粗壮的胳膊，向后坐了坐，将眼神定焦在前方的道路上。当他再次张口的时候，语气缓和了许多。

"我说，孩子。我们离通往贝克桥的那条路还远吗？我实在太想看看韦恩莱特太太跟别人亲热的那间画室了。"

克拉夫特大吃一惊。

"很近了，"他回答说，"如果您想看的话，我们到时候可以停下。"

"停一下吧。注意！"H.M.的语气带着抱怨，"我一丁点都不知道我们会发现什么，会看到什么，或者要去干什么。很可能一无所获。但是我还是很想去看看。"

通向贝克桥的那条路横穿整个村庄，以一条捷径与巴恩斯特普尔主路相接，十分狭窄。从这里你也可以走另一条路去向埃克斯穆尔荒地。我们转向这条夹在两排高高的丘墩之间的肮脏小道之上的时候，已经是傍晚六点多了。树木高而瘦，青苔蔓生，背对阳光而立，被枝干滤过的光线斑驳而柔软。这条路吞噬了我们。有什么东西猛地冲过了落叶堆。沿着这条蜿蜒的路开了大概五十英尺远的时候。克拉夫特突然一个急刹车。

"呵？"他嘟囔道。

一位身材矮小的老人向树下的我们走来。他戴着顶宽檐帽，穿着破旧的西装，脏兮兮的衬衫扣子紧紧地系到喉咙处，没打领带。他的白胡子茂密地向下垂着，一部分是棕色的，好像被香烟烧过似的。这个发型衬托着他的个性。他一边慢慢走来，一边好像在对着那些树发表什么感言，内容冗长，难以辨别。

"一位十分不错的客人，"克拉夫特说，"这位是威利·约翰逊。"

"噢？你是说那个被韦恩莱特家解雇了的园丁？最好拦下他，孩子，和他聊聊。"

这完全没必要。约翰逊先生看到我们便停了下来，静止在原地。然后他尊严十足地向我们走来，手里晃着一根马六甲木手杖，这个手杖一向被认为是绅士甚至雅致品位的象征。当然，他喝了不少酒。倒是没醉，只是啤酒明显已经灌满了他的血管，他的眼神透露着这一点。他挺直了脖子，向克拉夫特致意。

"我要投诉，我要。"他说。

克拉夫特耐心而疲惫。

"好了，听着，威利，莱顿的警官说他已经听够你的抱怨了。"

"这次不会，不会的，这次是——"约翰逊先生寻找着措辞，"这是盗窃。是的，先生，盗窃。他偷走了。"

"他偷了什么？"

"啊！"约翰逊先生吸了一口气，好像他即将脱口而出的就是整件事里最为黑暗而罪恶的那部分。他举起手杖,想用它碰碰自己的鼻子,却并未成功,这让他有些恼火。"有四英尺长,他偷走了。那位先生会发现的,他会的!"

"谁?"

"韦恩莱特先生,失去了最美好的妻子的那位。很多人同情他。但是我一点都不。我看他面带狡猾和丑陋,他觉得你们发现不了。"

"你喝醉了,威利。酒醒了再来找我。我想问你几个问题。"

约翰逊先生激动地抗议说自己没喝醉。这时H.M.出来打圆场。

"听着,孩子,你一定在这一区住很久了吧?"

这句话触动了我们这位线人作为本地人的骄傲感。他宣称自己在这里度过了自己的二十多岁,然后是三十多岁,然后又是五十多岁。

"你知道这条路前面的那间画室吗?嗯。那是谁的房子?"

"老吉姆·韦泽斯通的房子,"约翰逊先生立刻回答道,"他在八年前还是十年前去世了。他把这座房子租给了一个搞艺术的家伙,那人在房子里自杀了,艺术家不都这样。"

"是,那现在它是谁的?"

"房产公司,律师什么的。谁会愿意住在那里?连水都没有,还有艺术家在那儿自杀过?"约翰逊先生冲路上吐了一口口水,"修缮那个地方得花上一百镑,而且谁会愿意住在那里?"

H.M.想从口袋里找出一个银币以示慷慨,但是翻了半天,只有一张十先令[①]纸币。他在克拉夫特的惊诧和约翰逊怀疑的震

[①] 先令(Shilling),英国旧辅币单位,1英镑等于20先令,此单位已在1971年货币改革中被废除。

惊中，将这张纸币扔了过去。

"这十先令够你买不少啤酒的，威利。"克拉夫特警告说。

"啤酒？"对方带着自尊反问道，"我要去看电影。"（每周莱顿都会有一场电影放映）"是部教育片，是关于那些将基督徒绑在木杆上烧死的罗马人的。女的都不穿衣服。"他补充道。他十分感激，啤酒几乎都要从他眼里溢出来了，"祝您今天过得愉快，克拉夫特先生。也希望您度过非常愉快的一天，先生。我希望您在我们这里待得高兴，而且待得久一点。"

"你小心一些！"克拉夫特冲他喊道，"有那么一天，你会遇见奇怪的东西，然后知道要小心的！"威利不屑于回头。"他没事的，"警长说，"醒醒酒就好了。但我还是希望你没给过他那钱。画室离这里不远了。"

事实上，画室的入口离主路只有二百英尺远。尽管那条小路没什么人走，但我曾多次经过这座房子，它看起来一直无精打采。可远远不比现在我一眼瞥到它在黄昏中的样子更加沮丧。

它四面没有围墙，离路还有一点距离，是一座用白漆粉刷过的谷仓状的房子，如今是脏脏的灰色。屋顶是倾斜的，北面曾是玻璃，但是大部分都没了，只剩碎片和缝隙，剩下的部分都已经变得十分肮脏，甚至完全变黑了。

两扇朝向路面的沉重大门，空间大到几乎能开进卡车。拐角处有一个小门，一条蔓草杂生的小道引向门口的两级台阶。这一定就是莫莉当时看到瑞塔·韦恩莱特的地方，那个暮色渐深的春日黄昏里，穿着红毛衣的瑞塔双手环绕着某人的地方。

房子的一层没有窗户，二层的两扇窗户被木板挡上了——至少如我们从侧面看到的那样。离我们稍远一些的右侧是一个巨大的石头烟囱。画室后方是一片绿得几乎发黑的松树。如果你是个爱异想天开的人，或许会觉得瑞塔的鬼魂就在这里游荡。我记得离大门很近的地方有一小片风铃草。

克拉夫特猛地向前开了一阵，又关闭了发动机，于是潮湿而温暖的寂静包裹住了我们。

正是那时，我们听到了一个女人的尖叫声。

尖叫声不大。从某种程度上来说，这也正是令人恐惧的原因。这个尖叫声似乎是出于身体上的疲惫，或者被恐惧侵蚀了神经，它几乎不像是干瘪的嗓子中能勉强发出的声音。这声音并没有让这黄昏中画室的氛围更轻松一些。它引出了痛苦，当然还有恐惧。伴它出现的还有微弱、模糊、让人感到绝望的捶打声。据我们判断，声音来自房子二层一扇被挡上的窗户里面，也就是面朝画室时左边的那扇。

我们不得不把 H.M. 留在车里，尽管他在大吼大叫着。可我们实在没时间带上他。克拉夫特在车边逗留的时间也不过才够他从车旁的口袋里掏出手电筒而已。

"大门，"他回头说，"没锁，我觉得。"

然后我们便出发去寻找他们了。

大门是用质地很不错的风干橡木制成的，确实没上锁。尽管有人给它系上了搭扣，外面挂着一个大锁，但锁只是松松地挂着。我们推开那扇门，进去了——地板与地面齐平。

房子潮湿而陈腐。但是由于天窗足够大，我们能看得很清楚。房子的结构终于从阴影中显现出来。它有一个大大的房间，也就是画室，后侧还有厨房和储藏室。大门上方是一个像画廊一样的空间，房间内还有一个房间。因此，没有正经的楼上楼下之分，只有在我们头顶这个靠着墙面分隔出来的房间。右手边，那曾经被漆白的楼梯，将人一路引到那扇关闭的门前。

虚弱的呻吟声或是幽幽的呜咽声从上面传来。

"就是这里。"克拉夫特说。

他打开手电筒，在跑上楼前四处照了照。画室的地面是砖头铺的，像一间农舍。大壁炉的黑色喉舌向着右手边的墙张开着，地上凌乱地摆放着一些破旧的家具。

"别害怕！"克拉夫特叫道，"我们来了！"

楼梯尽头的门锁着。但门上有个（崭新的）钥匙，克拉夫特转动了它。门悄然无声地开了。就在此时，我们听到屋内传来警惕的呜咽声，地板上传来一阵动作急促的声音。

"是谁？"一个女人的声音。

"别怕，"克拉夫特重复道，"没事的，小姐，我是警察。"

他将手电筒的光向屋内投去。眼前的景象转换让人瞠目。在克拉夫特的手电筒和被遮盖的天窗四周缝隙里透出的亮光中，你可以看到，这个房间不但配有全套家具，而且都是极好的家具。

手电筒的光移动并停留在了一个女人——或者说，女孩——身上，她正努力缩进墙边日本柜的角落里躲避我们，柜子上的螺钿[①]花纹用其反射回的光线向我们眨着眼。光线升到她脸上，女孩用手臂遮住眼睛大喊起来。

她身上的一切都是都市的，而非乡村的。她精致的高跟鞋被干掉的泥巴包裹着，棕色的长筒袜已经严重抽丝。她身上穿着的那件白线包边的开祄绿色连衣裙也溅满了泥点。她个子矮小，不到五英尺高，但身材却十分标致，凹凸有致，得以一见是我的幸运。让我想起"迷你维纳斯"这个词，但想到她现在的处境，我暂时搁置了这一想法。

---

① 螺钿，指将贝壳磨制成薄片作装饰镶嵌在器物表面的制作工艺。

是什么让她这样颤抖,且颤抖的频率如同抽搐一般,就好像那不仅仅是出于恐惧。更是一种生理缺陷。克拉夫特向前走了一步,她立刻后退,用手挡住眼睛,试着从缝隙里偷看我们。

"别动!"克拉夫特要求道,可他自己都踉踉跄跄的,"我说过我是警察!你是安全的,你明白吗?你——你是谁?"

女孩哭了起来。

"我是巴里·苏利文太太。"她回答道。

第十章

如果这句话曾让克拉夫特感到震惊,那他可真是完全没有表露出来。

"你被锁在这里多久了?"

"我不知道。"她的声音令人愉悦,带着美式口音,被颤抖的呜咽声晕染,"昨晚?有可能是早晨,去他的,赶紧让我离开这里!"

"你是安全的,小姐。跟我们来,没什么能伤害你,拉住我的胳膊。"

她沿着柜子的边缘小心翼翼向前迈了两步,然后跪了下来。我把她扶起来,让她站稳。

"你多久,"我问,"没吃过东西了?"

她在脑海中搜索着。"昨天早上。在火车上。我丈夫呢?巴里呢?"

克拉夫特和我交换了一个眼神。我引导着她在那铺着垫子的、过于柔软的凳子上坐下来。

"她现在根本走不了路,警长。这里有什么正经的光源吗?"

"油灯,"那女孩说,"烧尽了。没油了。"

我对克拉夫特建议道,现在唯一能做的就是把窗户上的木板拆下来。他出于英国人固有的对侵犯他人产权的恐惧而坚决拒绝了这个提议。所以只能由我这个永远的替罪羊去做了。我开始清楚地明白这个女孩为何无法离开这个房间。我试图拆掉的那块木板像棺材板一样被死死钉在上面。我最终只得站在椅子上把它踢落。木头稀里哗啦地呈碎片散落在四周。待我从窗前出现时,我发现亨利·梅里维尔爵士那张恶魔般的脸正与我对视。他眼里没有一丝惊讶,只是坐在车里看着我。

我说:

"有白兰地吗?"

即便是在远处,我似乎都能看到他微微发紫的脸。但他一言不发地把手伸向身后的裤袋,掏出了一个巨大的银质随身酒壶,在空中像诱饵一样摇了摇。我下楼去拿的时候,能感受到如同热浪般的愤怒顷刻就要爆发。

"楼上有个女孩,"我说,"歇斯底里,十分惊恐,快被饿死了。有人把她关在那里。她说她是巴里·苏利文的太太。"

爆发的迹象瞬间烟消云散。

"噢,我的老天爷啊!"他小声咕哝道,"她知道了吗……"

"不。显然还不知道。"

H.M.把酒壶递给我。"那看在上帝的分儿上,在克拉夫特告诉她之前赶紧回去,快点!"

如此施加压力不太好,但是我确实短时间内就做到了。暮光透过一扇窗户进入了这个华丽的房间。她依然坐在软垫椅上,穿着她溅满泥点的衣服,克拉夫特表现出令人意外的机智和老练。她依然在抽搐颤抖,脸上却添上了不少笑容。

尽管愁眉苦脸、蓬头垢面、被泪痕弄乱了精致的妆容,她依然是个漂亮的女孩。这位"迷你维纳斯"有着深棕色的小鬈发,我想这在当时是非常时髦的发型。她有张小小的嘴,那大而闪亮的灰色眼睛如今泪眼模糊,有些浮肿。尽管容颜凌乱至此,她还是保持着几分优雅,每个吐字发音都性感得恰到好处。看到酒壶,她又笑了起来,露出整齐的牙齿。

"天哪,"她说,"我能来一口吗!"

我倒满了一壶盖。尽管手在抖,她还是眼都不眨地一饮而尽,咳了一下,示意想要更多。

"不,这会儿喝这些就够了。"

"也许你是对的。我不想喝多了做荒唐事。实在不好意思,我这么软弱。有烟吗?"

克拉夫特拿出一包烟,为她点了一支。她的手抖得厉害,好几次都没能准确放进嘴里,酒精开始起作用了。最让我担心的是她眼里燃烧的恐惧。

"那么,"她开始说话了,"这是怎么回事?到底发生了什么?"

"这正是我们希望您能告诉我们的,"克拉夫特说,"小姐……夫人……"

"苏利文。贝拉·苏利文。你真的是警察吗?不开玩笑?"

克拉夫特拿出他的警官证。

"另一个人是谁?"

"是克罗利医生,来自莱康姆。"

"噢,医生,好吧。那没什么了。"拿烟的那只手摇了摇,"我想要告诉你一件十分糟糕的事情——"

"如果您现在不想说话的话,苏利文太太,"我说,"我们外面停着一辆车,可以把您带到一个更舒适的地方。"

克拉夫特表情严厉。"我觉得,先生,咱们最好现在就聊聊。"

"是的，我也这么觉得。"她再次战栗起来，"是这样，我丈夫姓苏利文，巴里·苏利文，我不觉得您会认识他。"

"我听说过他，女士。我猜您也来自美国？"

女孩犹豫了一下。

"这——不。实际上，我出生于伯明翰。但是客人们似乎很喜欢这个口音，所以我就坚持用下去了。"

"客人们？"

"我是伦敦皮卡迪利旅馆的舞娘。"

"那您为何在这里？"

这位年轻的姑娘十分直接，毫不含蓄。她的声调上扬了一些。"因为我实在是太他妈的嫉妒了，"她回答道，"我看不清现实。我知道他在这里有个情妇，因为我发现了一个盖着莱康姆邮戳的信封。但是我不知道谁才是那个情妇！"

眼泪从她的脸颊滑落，她颤抖的声音愈加坚定。

"我不是来这里找麻烦的。我根本不想找麻烦，只是想看看这个女人，仅此而已。我想看看她身上有什么是我所没有的。"贝拉·苏利文停顿了一下，伸出那只拿着瓶盖的左手，"再给我倒一杯，好吗？我保证我不会洒在你身上或是胡言乱语。拜托了，再给我倒一杯吧。"

我又倒了一杯。

尽管努力掩饰着自己的情绪，可还是能看出克拉夫特有些被这份直率吓到了，但我可没有。这听起来可能有些没原则，但是我很喜欢她和她的处事风格。她喝光了第二杯酒。

"巴里是星期五晚上离开的。星期六晚上我已经坐立不安。所以星期日一早我就坐上火车来了。尽管在这之前，我告诉过自己，'贝拉，这是你有过的最疯狂的主意。'我的意思是，你不能就这么来到一个陌生小镇，然后随便抓住一个人问，'不好意思，你知道那个一直跟我丈夫睡觉的女人是谁吗？'"

"不，女士。我猜您不能这么做。"

"除此之外，我根本不想让巴里知道我来了。但是如果你能对我感同身受的话，你就知道我是怎么想的了。

"来这里的一路太艰难了。首先，我要在埃克塞特①转车到巴恩斯特普尔，当火车抵达巴恩斯特普尔的时候，我发现莱康姆离那儿还有至少十三英里远。没有直达火车，星期日也没有公共汽车。所以我不得不打出租车，尽管我身上并没有太多钱。

"出租车司机问我想去莱康姆的什么地方。那个时候我向上帝许愿我要是没来过就好了。请别介意我的说话方式，我马上就会像个淑女一样说话，但这就是我的真实感受。我说请把我放在这里规模最大的酒吧，请抄最近的路到那儿。他说他知道一条近路。然后他就带我经过这里了。"

暮色在这间奇妙的屋子里逐渐加深。空气凝滞，她用颤抖的声音高声说着。每字每句都能被坐在车后面的H.M.听得清清楚楚。

贝拉·苏利文咬了一下她的下唇。

"您说这是星期日晚上发生的事，是吗，女士？"克拉夫特马上说。

"是的。大概八点半，天还很亮。我们是从这条路来的。这个司机开车慢得简直就像在爬。我们经过了这间画室——"她的眼睛四处转了转，"还有……你知道楼下那两扇向着马路开得大大的门吗？"

---

① 埃克塞特（Exeter），位于英格兰西南部德文郡的城市。

"知道，怎么？"

"那两扇门当时是敞开的，"贝拉告诉我们，"巴里的车停在里面。我从黑色车牌认出来的。"

克拉夫特浓密的眉毛向上挑了起来。

"苏利文先生的车？"他声音阴沉地复述，"据我所知，苏利文先生从来没开车到这里来过。"

"当然没有。而且，他怎么会有钱去买车呢？他只是个卖车的，这是他的样车。他的雇主不允许他把这辆车开到伦敦以外的地方兜风，尤其是这种时候，他就快丢掉工作了，因为他没车可卖了。看到这辆车实在是吓了我一跳。

"但我想，'巴里的车在哪里，哪里就是他即将出现的地方，而且他的情妇也很有可能一起出现。'于是我对出租车司机说，把我放在这里。

"当然了，司机觉得我疯了。他说已经很多年都没人住在这个地方了，曾经还有个搞艺术的人在这里割喉自杀了。但我还是付钱让他走了。然后就开始四处搜寻。当然了，我并不知道有这个地方存在。"她点头示意着这个房间，"我只是看到了阶梯尽头锁上的门，铺着砖地的肮脏的画室还有画室里巴里的车。

"绝妙的约会地点，不是吗？我是说，即便没有上面这间装饰华丽的小房间。你可以开车来，把这里当车库，直接开到这里面。关上门，谁会知道有人在这儿呢？"

我也是这么想的。

"然后，"贝拉接着说，"天开始黑了。"

她那双忽闪忽闪的大眼睛不自觉地看向了窗边。窗外，树顶绿得稀薄。她摇了摇满头蓬乱的棕色鬈发的脑袋，放平交叠着的膝盖。烟灭了，于是她把烟蒂扔在了深红色的地毯上。

"我不喜欢郊外，"她说，"这儿让我觉得郁闷。我喜欢有些噪声的地方，旁边有人能随叫随到的地方。这里一片死寂。天越来越黑。我的烟也抽完了。

"然后我开始想，我离一切事物和人都是那么遥远。不知道该去哪里，不知道要去哪里，陷入了困境。接下来，我想起那个在这里割喉自尽的该死的艺术家。这种情况下，人会开始浮想联翩，觉得有人藏在角落里。我连怎么打开车灯都不知道，就更别提开车了，打火处也根本没有钥匙。我一会儿坐在汽车门旁的脚踏板上，一会儿走来走去。那时一定已经很晚了——反正天几乎全黑了——我听到有人从路上走来了。"

克拉夫特和我专注得身体都几乎僵硬了，她若不是同样心事重重，一定会对此有所察觉。

"当然了，我以为是巴里来了。"她犹豫了一番，咬着下嘴唇，"或许是。或者至少……"

克拉夫特清了清喉咙。

"如果是星期日晚上的话，"他说，"那人不可能是苏利文先生。"

"为什么不可能？"

"别在意，小姐。"克拉夫特倾向叫她"小姐"，也许是因为她看起来很年轻，"相信我就好了。"

"你的意思是他离开了？"女孩问道，她漂亮的脸庞神色开始变得凝重。

"呃——是的。请继续吧。"

贝拉本要说些什么，却改变了主意。

"首先，"她继续说，"我受够了他总是让我这么担惊受怕的。可我也有一些自尊心，所以不想让他知道我在这里。但我又怕跟丢了他，把自己困在这儿。我一直在来回踱步，您看，我从来都没想过，如果巴里回到了车里的话，我该怎么做。

"我能做的只有一件事，巴里的车——我是说，那辆曾是巴里的车——是辆帕卡德①双座敞篷跑车。我爬上去，打开折叠座椅，坐进去，又合上了折叠座椅。我个子很小——"她张开双臂，像是在邀请我们检查，"所以很简单，除此之外，折叠座椅上有两个小小的通风口，所以空气很流通。然后他进了画室。这时，"她补充道，将手背划过前额，"我听到他在哭。"

克拉夫特和我都一动不动。

"哭得……我本来想说像个婴儿，但是婴儿才不会那么哭呢。那是一种伤心透顶的颤抖抽泣，就好像他病了，喘不上气来一样。听到一个男人哭成这样的感觉糟透了。那哭声能穿透你。有那么一两次，他用拳头打向了车身。"

（无论你是谁，你都是迷失的、被诅咒的灵魂。）

"我怕极了，也想哭。但是我想，'噢，你这个什么什么养的家伙？你从来都不会为了我哭成这样，'我在心里埋怨着他，没有说话。巴里像个孩子一样。他才不过二十五岁，我二十八岁。没有时间考虑那么多。我听到了他走来走去，上了一趟楼，还有锁匙转动的声音。然后他上车，发动，倒车。我想，'天哪，我们就要见到那个情妇了，而我却这么被困在折叠座椅里。'"

贝拉顿了顿，试着笑了一下。白兰地正在起效，勉强让她保持情绪稳定，但她的状态实在说不上有多好。

克拉夫特小声说：

"听着，小姐。我希望您能好好想一想，您确定您听到的是

---

①帕卡德（Packard），二十世纪三十年代的美国奢侈汽车品牌，诞生于美国的俄亥俄州，于1958年停产。

个男人的声音吗?"

贝拉的表情变得模糊而不确定。"当然了。我自然觉得那是巴里。"她再次停了下来。睁大了眼睛,"等一下!听着!你是想说那人可能就是那个情妇吗?"

"我只是……"

她的恐惧更深了一层。

"如果我说错了话,错怪了巴里——"

"拜托,小姐。那不是那位情妇,如果这词跟我所想的代表的是同样的意思的话。我只想知道一点。你只听到了有人哭泣和走动的声音,可没听到任何人说话的声音对吗?"

"没有,但如果不是巴里或者那个情妇的话,还会是谁呢?你看,到底发生了什么?你们两个为什么看起来奇奇怪怪的?"

"如果你还想继续讲故事的话,小姐,医生可以再为你倒一杯白兰地。"

"不,医生不会这样做的,"我说,"这位年轻的小姐状态并不好。我们应该带她回莱康姆,给她准备点吃的,照料她。"

"我没事。"贝拉坚持道。她恍惚地噘了噘嘴,笑了,并把酒瓶盖放在软垫椅上,"我想要讲下去,因为我正被卷入一些我不理解也无法理解的事。

"车倒出来之后,就像我说的,上了路。那条路特别颠簸,我在折叠座椅里缩成一团,并没有感到很惊讶。我想的只有一件事,那就是,我站起来的时候样子肯定丑极了,尤其是我的帽子。"

她匆匆用手碰了一下头。

"然后车开到了一条平缓的路上,那条路似乎无穷无尽。我觉得我们有一段路程是在上坡,但是我不确定。车底两侧都有小小的通风口，但是我除了月光什么都看不见。

"没过多久，路又颠簸了起来，也冷了不少。我可以感觉到吹进车里的气流包裹着我的脚踝。我们走了一段下坡路，这我很确定，因为我不得不抱紧自己。忽然间——就是这样——车颠簸摇晃到我的头不停与车身相撞，我的皮草和手袋也都滑到了地板上。

"我知道我们根本不是在正儿八经的路上行驶，因为你可以听到那种干草和车轮相互摩擦的声音。我几乎能闻到冰冷的雾气。我们继续前进，我用力抱紧自己，想要对巴里尖叫，就在此刻……

"车慢了下来。巴里——或者是别的什么人——换了挡。车门打开了，我好奇发生什么鬼事情了，车门是打开的，而车还在开。车门马上又被关上了，所以我猜他控制着一切，我们又以六十英里每小时左右的速度向前行驶着。飕！就像这样，油脂般顺滑。但只持续了几秒，因为我们马上停了下来，就像有什么东西在阻拦我们一样。

"那感觉就像是在羽绒床上，不太稳当。我怕极了，感觉好像飘浮在空中一样。然后我听到了一些声音：气泡一样的小声音包围着我们。听起来像人声，像什么东西在啃食你，我听到了像打嗝一样的声音，伴随着异味。

"然后车开始沉了下去。没什么起伏，但是你可以从心里感觉到。我伸手去够那掉落在车底的包——我不知道为什么——有东西从小通风口里渗了进来，碰到了我的手。接着另一个通风口被堵上了，我处在一片黑暗之中。忽然间，车开始晃动，前段向下坠了六英尺左右，气泡的声音越来越大。所以，救救我，那时我第一次明白到底发生了什么。"

贝拉·苏利文停了下来,努力抑制着肩膀的颤抖,手握软垫椅的扶手。

克拉夫特警长点了点头。

"我知道了,小姐,"他严肃地说,"沼泽。"

第十一章

贝拉点了点头作为回应,迅速地眨着眼。"我当然知道我们是在埃克斯穆尔附近。"她努力吞着口水,"我小时候也读过,至少是听说过《洛娜·杜恩》①的故事。但是我并不觉得这样的事真实存在。我的意思是,我发誓,我不知道它存在于电影之外的世界。"

克拉夫特哼了一声。

"这确实是真的,好吗,"他向她保证,"除非你熟悉这片沼泽地,否则最好离它远点。噢,如果你必须要去的话,就跟紧沼泽马②的脚步。它们从来不会出错。对吗,医生?"

我热烈赞同。我在自己的职业生涯中没少学到埃克斯穆尔的地域特点,但是我至今仍然不喜欢这片狂风不止的阴郁荒地。

"接下来发生的事就更糟糕了,"贝拉说,"尽管这持续了不久。我说不出我是如何把折叠座椅打开的。起初,我以为巴里按

---

① 《洛娜·杜恩》(Lorna Doone),英国作家理查德·多德里奇·布莱克莫尔(Richard Doddridge Blackmore)于一八六九年出版的小说。故事发生在十七世纪晚期的埃克斯穆尔,讲述了来自两个对立家庭的年轻人约翰·里德与洛娜·杜恩之间饱受磨难、跨越阶层的爱情故事。
② 沼泽马,即埃克斯穆尔马(Exmoor Pony),生长于德文郡的野生马种,身形相对较小却十分强壮,习惯复杂的地势和艰难的生存环境。

了锁扣把我锁在里面了。我严重抽筋,那种感觉就像是跑了场马拉松,又跳了舞一样。空气比我想象中更加稀薄。当我打开敞篷、试图站在皮椅上的时候,头晕目眩,几乎要昏倒在沼泽里了。

"我当时一定是左摇右晃的。我尖叫着,尖叫着,尖叫着。但是没有人回应。前座也没有人。

"别问我当时在哪儿!我只能看到白色的迷雾和月光——根本看不到十英尺以外的东西——好冷,我能感觉到贴在皮肤上的汗珠。人在这种时刻会想到的东西总是很有趣。我气极了,因为前座一个人都没有:那个笨蛋肯定是跳出去了,让车自己沉没。肯定是这样的。

"我记得挡风玻璃上的雾气,车垫的样子,仪表盘上的钟、速度计和油表的样子。塞在侧袋里那两本小小的地图一样的册子,一本是蓝的,一本是绿的,但是他不见了。沼泽泥浆涌入,灰色的、棕色的,糟透了,像燕麦粥一样汹涌,将一切拉入了黑暗之中。它在动,你知道吗?它在动!"

"别怕,小姐!现在一切都是安全的!"

贝拉用手捂了一会儿脸。

"我站在车的边缘——"她的声音透过手传出来,"然后跳了下去。"

克拉夫特的脸色十分苍白。

"天哪,小姐,"他小声道,"你胆子真不小。这么做需要些勇气。那你跳到地面上了吗?"

"这——"她把手放下,"——我在这里,不是吗?不管你说什么。我没死在外面那不知道有多深的沼泽地里,没有让它浸过我的头顶。"

她笑了，下唇颤抖着。

"我再告诉你一件事。你知道，老话总是说，人死前，眼前会掠过过往人生的所有画面吧？这不是真的。让我来告诉你到底会发生什么。当时我想：'他肯定就在离这里不远的地方。他一定听到我大叫了。但是他就站在那里看着我下沉。'

"我还想：'他一定知道我就在后面的折叠座椅里。'画室的地上散满了我留下的烟头。我还喷了香水，他一直都很喜欢那款香水。'好吧，'我想，'这真是一个谋杀妻子的好办法啊！'"

一阵长久的沉默。

"我从车里跳出来的时候，不管你信不信，我眼前浮现的都是我们刚结婚时巴里的样子。他彬彬有礼，有些幼稚，是个糟糕的笨蛋，自以为很帅，又爱钱。接下来，我回到陆地上了，不再像之前那样感觉有泥沙在拽我。我感觉到了地面。我爬了一会儿，就像刚从水里出来那样，然后昏了过去。再醒过来的时候，我就被锁在这里了。"

贝拉耸起一边的肩膀，用几乎是轻松的语气补充道：

"现在最让我着急的，是我的手包丢了。我的粉盒、口红、钱，一切都在那里面，在那辆车里，还有我的皮草和帽子。但事情就是这样了。再给我一根烟。"

克拉夫特和我互相看了一眼。不久后，她便将被告知为何她丈夫不可能是星期日晚上开车的那个人。警长在拿烟和火柴的时候，冲着我的方向十分紧张地咳嗽了一下。贝拉·苏利文自己推动着这个决定。

"现在让我告诉你，我为什么要把这不愉快的一切施加给你们。有烟吗？"

克拉夫特点燃了一根火柴。

亮黄的光与渐深的暮色相映衬。贝拉深深吸了一口气——这根烟雾定是放松了她的思绪，我想表示抗议——火柴的光芒下，你可以看到闪烁的泪滴。你可以看到那颤抖的两颊柔软的线条。但她语气依然是平静甚至轻松的。

"我跳车的时候还发现了另外一件事，"她告诉我们，"我不爱巴里。这是十分清楚的。"

"我倒是很高兴听您这么说，小姐。"

"噢？你以为我是傻子吗？"

克拉夫特不太高兴。"如果您和医生讲这些事的话，小姐——"

"我是这么想通的，"贝拉说，"我已经被玩弄够了。你不觉得吗？"

"这……"

"你告诉我这么做的不是巴里。我不知道该不该相信你。你在隐瞒着什么，你们俩都是。"

"小姐，现在——！"

"但我不明白巴里为什么要那样做，即便他是想甩了我。我的意思是，那辆车值七八百英镑呢，而且不是他的车。他要赔给公司的，他没那个钱。而且，如果他是想甩开我的话，为什么还要在我昏迷的时候，把我带回这里，丢在这里？"

"没错！"克拉夫特赞同道。

"但是，如果不是他的话，他又在哪儿呢？为什么他不在这里？为什么他要让人去把他的车沉了？钥匙还挂在上面呢？现在你又要告诉我，他已经回伦敦了！"

"准确地说不是伦敦，小姐。"

"可你是这么说的。"

"不。我说的是他离开了。"

"去哪儿了？"

克拉夫特看向我，摊开双手。总要面对。这么做有风险，但是如果我们不告诉她，她会发狂的，那就更糟了。斗争了一会儿后，我从软垫椅上拿起酒瓶的瓶盖，还是倒了第三杯白兰地给她。她看都没看就喝了下去。

"苏利文太太，您的丈夫和这位……情妇……"我说。

"嗯？"

"恐怕您再也不会见到她了，如果您还能见到苏利文先生的话，那也会有些惊人。"

"他们于星期六晚开枪自杀，然后坠崖了。"克拉夫特冲口而出，"他们现在正躺在停尸间的木板上，很遗憾，苏利文太太，但事情就是这样。"

我转过身，开始努力研习房间另一侧的样子。房间里的每一件家具，一定都是一次次偷偷买来的。能看出是瑞塔·韦恩莱特的品位。地上的地毯，深红色天鹅绒窗帘，遮挡着那被木板所挡住的窗户，将真实世界与这个幻界隔开。角落里是一面装饰屏风，这背后——当我去看的时候——是一个带水罐的盥洗台，一个面盆和一些毛巾。肮脏？是的。可瑞塔就是瑞塔。

我花了极大的精力去思考我们该如何安顿贝拉·苏利文，显然，她没有任何行李。莫莉·格兰杰一定会无比愿意收留她。但是我似乎也看到了史蒂夫拒绝的表情。不，最好还是让她和我们待在一起。哈苹太太会照顾好她的。

所以我就站在那里，脑海里都是这出苦涩的黑色悲剧，只想将手里酒瓶里的酒一饮而尽。

"没事的，医生，"贝拉说，"你们可以转过身去了。我不会从背后给你一拳的。"

我们的"迷你维纳斯"依然坐在软垫凳上,一只脚盘坐在屁股下面,深深地吸着香烟,那双灰色眼睛一动不动地看着我。

"我只想问你几个关于他追随的这个女人的问题,她是吗?"

"她是什么?"

"妓女?"

"不。她是位数学教授的妻子,加拿大人。"

"她叫什么?"

"瑞塔·韦恩莱特。"

"长得好看?"

"是的。"

"地位很高?"

"倒也不是。就是一个普通的职业家庭。"

"有什么……不,这不行,"贝拉说,眯起她的眼睛,"如果他们一起自杀了的话,她多大了?"

"三十八岁。"

贝拉拿出嘴里叼着的香烟。

"三十八岁?"她难以置信地重复道。然后她的声音逐渐尖锐起来,"三十八岁?我的老天!他疯了吗?"

克拉夫特警长看起来如芒在背,这可能比他听到的任何事都要让他感到震惊。他一直面色阴沉地盯着那个女孩,本想开口夸赞她的顽强,但现在也不知道该说什么了。这似乎并不是贝拉·苏利文出于无情或是醉酒说出的话。那是一种由衷的困惑,它沸腾在了其他任何一种情绪之上,因为她是如此了解她的丈夫。我强调了一下这个观点。

"公平来讲,苏利文太太,我一点都不相信他们俩是一起自杀而死的。"

"噢?"

"有人枪杀了他们,你可能会从警察那里听到一个不同的版本,但这是事实。现在我们先不聊这个了。你一会儿跟我一起回家。"

"但我一件衣……衣服都没有!"

"没关系。我有个邻居,那个女孩会帮忙照料这些。你需要食物和睡眠。要是现在觉得能走得动的话,咱们就下楼吧。"

这个请求被从屋外路上突然传来的一阵猛烈而刺耳的喇叭声好一番强调,这让贝拉下意识地大叫了起来。是亨利·梅里维尔爵士露出了他那张难以形容的凶神恶煞的脸。他在暮色中向前倾着身子,用拐杖的一头戳着汽车的喇叭按钮。

"我很有耐心,"他说,"但是晨露都快凝结在我脸上了,我有理由怀疑我的脚趾得了肺炎。还有,我的狱警抓住我了。我要说再见了。"

现在我们又有另一位拜访者了。保罗·费拉尔开着一辆十分古老的福特停在了警车后面,他正要下车。从他震惊的表情判断,当我的脸从窗户里出现的时候,他一定以为H.M.先生是跟着什么奇怪的人走了。

"我们马上下来。"我说。

贝拉没有表示反对。但是她的声音被轻微的打嗝声打乱了,步态也有些紊乱。但在这种情况下,麻醉自己的精神或许是最好的选择。克拉夫特锁了上面房间的门,把钥匙放进自己的口袋,我扶着贝拉走下楼梯。

当我们从画室里出来的时候,H.M.和他的轮椅——后者被上下颠倒了过来——已经被转移到了那辆福特车的后座。对我们来说，那是一种幸运；又或者，是对方心思细致的体现。如果我们还要开车把H.M.送回瑞德农场的话，那也就意味着我们又要经过一次埃克斯穆尔的边缘。对贝拉·苏利文来说，这可不是什么愉快的体验。

费拉尔依然穿着他那条蘸满颜料的旧法兰绒长裤，靠在福特车的一旁，抽着一个樱桃木的烟斗。他的脸看起来充满睿智，有一个长长的鼻子，十分漂亮的头发被他故意弄得很乱，一脸自满的表情。直到看到我们身后的人，他被惊掉了下巴。

"我的天哪！"他小声说，笨拙地抓住从嘴里掉下的烟斗，另一只手拍了拍车身，"贝拉·伦弗！"

贝拉不假思索地转身，往回走向画室。我抓住她的胳膊，把她拽了回来。

"没事的，都是我们的朋友，他们不会伤害你的。"

"贝拉·伦弗！"费拉尔重复道，"你怎么会在这里？他们对你做了什么？我们一起度过了那么多好时光——"

"这里没有什么伦弗小姐，先生，"克拉夫特警长说道，"这位是苏利文太太，巴里·苏利文的太太。"

"噢。"费拉尔说。短暂停顿后，他脸色一阵苍白，说道："对不起。"又是一阵停顿，尴尬汹涌而至，他爬进了车里。

"我们一般不戴结婚戒指，"贝拉对他说，"在皮卡迪利工作的时候，客人不喜欢。"

H.M.坐在后面，用一种罕见的严肃表情打量着我们。他轻声对贝拉说。

"女士，"他低声道，"我是个老人了。一直都有这么一个爱直来直去的坏名声。我不想在这种时候打扰你。但我又总是爱去为那些不够聪明的小狗助力一把，帮它们越过栅栏。有关您的故事……"

"你没听到吗?"

"这……好吧,你说话的声音很大。作为一个残疾人,我能做的当然不仅仅是坐着思考。"说到这里,我把瓶盖拧紧,把酒壶递给了他,"要是不介意的话,你能否在白兰地的酒劲消退之前,回答我几个问题,"他继续说,"这可能会对揭开这个谜团很有帮助。"

"巴里不是自杀的!"贝拉大喊,"他绝对没胆量那么做!你想问我什么都可以!"

"好的。你们是何时,在哪儿成婚的?"

"你觉得我是在撒谎,对吗?"

"不!上天做证。我没有!我只是在征求信息。"

"我从不拉客,谢谢,"贝拉说,"汉普斯特德[①]市政厅注册处。一九三八年四月十七日。"

"你丈夫的名字真的是巴里·苏利文吗?还是,这是个艺名?"

"这是他的真名。"

"你怎么知道?"

"因为……这,因为这就是他的真名!他就是这么写的。他收到的信上写的也都是这个名字。他签在支票上的也是这个名字。我不明白你想问什么。"

H.M.紧紧盯着她。

"苏利文太太,你去过美国吗?"

"不,没有。"

"你出过国吗?"

[①]汉普斯特德(Hampstead),位于伦敦西北部的地区。

"没有。"

"啊,"H.M.说,"我看也没有。"他用手杖碰了碰费拉尔的肩,"开车吧,孩子。"

福特发动机的声音刺破了傍晚的宁静。费拉尔的车先是退后,继而掉头。他们沿着小路离开了,我们最后看到的是H.M.的光溜溜的后脑勺和一道恶狠狠的闪光。

第十二章

当我在十一月中旬写下这些的时候,狂风正拍打着窗户,死亡的阴影笼罩大地。九月,轰炸机抵达伦敦。就在几天前,他们开始攻击我们的城市,先是考文垂,再是伯明翰。传言说,布里斯托和普利茅斯将是接下来被攻击的目标。

我也忽然意识到,自我写下这些以来生活发生的逼仄变化。直到一九四〇年夏天,一切都还是充裕的。汽油的定量配给没有带来太大的问题,部分食物被定量分配,可也还是充裕的。你依然可以眼都不眨一下地邀请一位客人来家里吃晚餐。

说到这里,我想到了七月那个星期一的晚上,贝拉·苏利文刚到我们家时的情形。

我们都为她倾倒,汤姆,哈苹太太和我。她身上具有年轻人说的那种可爱气质,她大大的眼睛杀伤力十足。贝拉的恢复能力惊人。我们刚把她带回家的时候,她如同我预料的那样,出现了延迟的受惊迹象:发冷,呕吐,脉搏跳动速度加快,却又十分微弱,刚刚能从手腕上摸到。她只能吃下一点点东西。

但哈苹太太帮她洗了澡,我们把她安置在床上,让她穿上汤姆的睡衣,又放了一个暖水袋。尽管汤姆为了让她能睡着给了她一些安眠药;可十一点多的时候,她依然坐在床上,手拿针线修补着哈苹太太为她清洗擦拭过的连衣裙——坚韧得惊人。

汤姆喜欢她。他表现得甚至比平日还要爱说教,令人难以忍受。十一点多,当我在自己的卧室里抽着我每天被允许抽的唯一一根烟的时候,我听到了隔壁房间关紧的门里有说话的声音。随之而来的是一段充满爱意的对话:

"天哪,你这个女人,你要是想用美国口音的话,就说得地道一点。别没完没了又含混不清地说些电影台词什么的。这根本不是一回事。"

"你好大的胆子。"

"你才是。"我无礼的儿子喊叫道,他对待病人的那套礼仪,与其说是有礼数,不如说是充满热情。

"我的头发看起来怎么样?"

"糟透了。"

"你去……你看,你外套口袋的走线上有一道口子。你是我见过最邋遢的男人了。我帮你修补一下。"

"拿开你的手,你这个女人。我才不会被掠夺成性的女人照顾抚摸呢。"

"谁是掠夺成性的女人?你这个丑恶的什么什么之子。"

贝拉说这话的时候并没有很生气,你明白我的意思。她有一种能力,能用柔和甚至是带着爱意和善意的甜美嗓音说出最令人愤怒的话语,与此同时,又让人沉浸在最亲密的坦诚之中。

"你,"汤姆说,"就是个掠夺成性的女人。你们都是。这是个腺体分泌的问题。让我下楼取来我的解剖图,解释给你听。"

"你是说那个看起来让你觉得你被剥了皮的东西吗?"贝拉的声音颤抖了,"不用了,谢谢,我还是比较喜欢自己的皮肤。"一道阴影覆盖了她,"是这样,克罗利医生。你知道克拉夫特警长吗?"

"知道,他怎么了?"

贝拉犹豫了。我可以想象她的样子:晶莹剔透的皮肤,棕色的鬈发,指间的针线,身处原本属于我妻子的那间温馨的卧室。

"他说——后天会有一场审讯。"

"躺在那张床上,"汤姆说,"然后睡觉。这是命令。"

"不,但你看!他说——我可能要作为证人出席去辨认巴里的尸体。"

"尸体辨认通常是由近亲完成的,没错。"

"也就是说,我会看到巴里是吗?"

"快去睡吧,我命令你!"

"他看起来——会很糟糕吗?"

"你不可能从七十英尺高的悬崖掉到三四英尺深的水里还毫发无伤。但是做尸检的医生说他身上伤口不是很多。这是因为他们摔落的时候已经死了,没有意识了。他说最严重的伤处是尸体随水流在岩石上的撞击导致的。"

听到此处,我猛烈敲打着我们之间那道墙,他不该透露这么多医学细节。

"现在快去睡吧。"他吼道。

"我不会睡得着的。"

但是在安眠药的作用下,她还是睡着了。我才是那个失眠的人。我翻来覆去,墙上的钟一刻不停地向前走着,瑞塔的脸浮现在每个角落里。终于,我穿着睡衣走到问诊室,吃了一片温和的安眠药。对医生而言,这不是个值得被推荐的做法。但是,当我再次起身的时候,已经日上三竿了,天光大亮,我的血管里再次有勇气注入。

实际上，我泡澡的时候心情几乎是愉悦的。克拉夫特警长和H.M.显然已经来探望了贝拉。后者拄着他的拐杖走上了楼梯。他们留话要我下午三点去亚历克·韦恩莱特家与他们会合。还有，下楼去吃我那晚得该受谴责的早餐的时候，我遇到了从贝拉房间里出来的莫莉·格兰杰。

我一直都很好奇，安静而内向的莫莉会不会与我们这位客人合得来。但是看一眼她的样子，我就放心了。尽管莫莉的脸有点泛红，她还是对我微笑着。

"你已经见过苏利文太太了吗？她起了吗？"

"起了，"莫莉回答，"正在穿衣。"

"你喜欢她吗？"

"我太喜欢她了。"莫莉的表情有些困惑，"但要我说，卢克医生！她说话可真吓人。"

"你会习惯的。"

"她竟然什么都不穿，"莫莉说，"就在窗前走来走去。'教练与骏马'的那帮人站在窗前看得目瞪口呆。如果您不小心一点的话，卢克医生，您在莱康姆的声誉可是会受损的。"

"我都这把年纪了。"

"我给她拿了一些长筒袜，"莫莉继续说，"我最后一双丝质的。但是，就像贝拉会说的那样，管它呢！顺便说一句，我们一定不能让父亲知道她在这儿。他会大发雷霆的。"

"警察为什么想见她？"

莫莉的脸上愁容密布。

"他们想知道她有没有巴里·苏利文的照片。她说有。但是似乎伦敦的警察已经搜过苏利文家的公寓了，什么都没找到。"

"演员家里竟然没有自己的照片？"

"我就说嘛。"

"但是,听着,莫莉!"我开始回想,"韦恩莱特家肯定有不少他的照片。你不记得了吗?他和瑞塔总是互相拍照。"

"没错。警察也去那里了。看起来——"莫莉嘴唇紧闭,"看起来有人故意撕毁了他们俩的所有照片,完全是出于怨恨。你能明白吗,卢克医生。你知道有人恨他们恨到连他们的照片都要毁了吗?"

恶魔再次袭来。我会永远记得那一刻的莫莉,她胸脯起伏,金发的边缘被从身后窗户透过来的光照亮。

"有人恨他们恨到要谋杀他们,莫莉。"

她满脸怀疑。"您不会还相信这个吧?"

"我相信。我在审讯会上也会这么做证的。"

"但您不能这样做!"

"我会这么做的。好了,快走吧,我要去吃早饭了。"

可莫莉犹豫了。"苏利文太太,"她说,"在这一区并非没有朋友。她似乎和保罗·费拉尔很熟。"

"这我相信。"

"她突然告诉我,没有人像他一样,能在犯浑的时候还让你感到愉快——我猜她的意思是说让人生气?很有趣。但是您记住我的话,卢克医生:我们这位亲爱的朋友将会在这里掀起轩然大波。"

这句话在我吃完早饭去门口透气的时候就应验了。哈利·皮尔斯,"教练与骏马"的店主从他自己的酒吧里走了出来,似乎有什么他不情愿却不得不传达的信息。哈利是位老式酒保,身材魁梧,前额上耷拉着几绺闪闪发光的鬈发。早在他走到我面前之前,我就听到了他气喘吁吁的声音。

"无意冒犯,卢克医生,"他说,"但我和我的客人们都想知道这个奇怪的地方发生了什么。"

"您具体是指哪方面?"

"首先,"哈利说,"那两个不快乐的人在'爱人之跃'自杀了。昨天——我的老天爷!——那个大块头的男人来了我的酒吧,那阵仗像个装甲部队,搞了个天翻地覆,砸了十一个杯子,掀了一张桌子,毁了两个水瓶和一个烟灰缸。"

"我对此很遗憾,皮尔斯先生。"

"注意,他确实是赔了一笔钱。"哈利像是要发誓一样举起一只手,对我保证道,"实际上,他确实赔了。我不是要说这位先生的坏话。但是无意冒犯,医生:对于那些刚要举杯喝下这天里的第一杯酒的人来说,发生这种事可不太让人愉快,是吗?"

"当然。"

"这让我的客人们很不愉快,就是这样的。然后,今早,有位女士——而且是位很标致的女士,我不是说她不好看!——在你的房子里,几乎是全裸地展示自己的身体,让我大吃一惊。"

"那总没有让客人们不高兴吧,我猜?"

"没有,但这让我家的女士们不高兴了,"哈利压低声音说道,"还有其他女士。有人告到了圣马克斯教堂的牧师那里去,他来说教了一番,似乎很失望他没能早点来给她一点建议。然后,除此之外,还有威利·约翰逊和这个叫尼禄的家伙。"

"什么家伙?"

"尼禄大帝[①],罗马城被焚烧的时候篡位的那个。"

"他怎么了?"

哈利沮丧地摇着头。

[①]尼禄大帝(Nero Claudius Caesar Augustus Germanicus, 37—68),罗马帝国第五位皇帝,欧洲历史上著名的暴君。

"好吧，你永远都不会听说有比威利还能乱来的家伙！有人昨天给了他十先令……"

"是的，我知道。"

"然后他就去莱顿看电影了。他回来之后，先去了'王冠'酒吧，然后来我这里大吵大闹。他满嘴都是这个叫尼禄的。威利说，即便是在电影里，尼禄也是他见过最卑鄙、最丑陋、最坏的恶棍。威利说他糟透了。威利说，这人一边喝酒，一边把五十个还是一百个基督徒扔到了狮群里。"

"是的，但——"

"他没没完了，直到我受够他了，我要对我的营业执照负责。但是他又去了'黑猫'酒吧，乔伊·威廉姆斯竟然蠢到一下就给了他一瓶威士忌。"哈利再次沮丧地摇了摇头，"我估计他今早还在喝这瓶威士忌，准备大喝一场呢。"

"我要是你的话，就不会太担心。他会没事的。"

"希望如此，医生。我希望如此。"

"至于我家那位年轻的女士嘛——"

"啊？"

我很不喜欢那在他眼中一闪而过的黏腻。

"您可以告诉皮尔斯太太和其他女孩，她们看到的人正是巴里·苏利文太太。她失去了丈夫，现在还非常痛苦。她不喜欢被窥视。能麻烦您转达吗？"

哈利犹豫了。

"好吧。医生。如果你这么说的话。但是你不能埋怨她们对这件事的反感。现在这种情况，还在打仗，就像你常说的，好像我们被诅咒了一样。我们中的一些人只是想知道接下来到底会发生什么。"

个人来说,我对最后一点感同身受。天色尚早,不过两点多而已。我上了车,向亚历克家驶去。

天空呈现人们说的罗宾鸟蛋蓝①色,有一点耀眼的光,乡间从未如此美丽。但是那位于"爱人之跃"的大宅却似乎苍老了许多,就像它的主人一样,我四晚前注意到的破旧衰败,如今更甚。草地上的亮色沙滩椅依然在那里。我记得,星期六晚上快要下雨的时候,巴里·苏利文曾说,他要把那些椅子放回去。但它们还在。

我把车停在小道上。玛莎,那位年长的女佣,将我迎进房子,并带我上楼。在这座房子里,你总是可以清楚地听到踩在实木上的脚步声。

刚搬来的时候,亚历克和瑞塔在房子后侧共用一间能看到海的大卧室。实际上,瑞塔单独住一个房间已经很久了,她待在后面的房间里,亚历克则搬到了前面。但是我星期六晚上扶他上楼的时候,并没有想起这些。我送他去的是瑞塔的房间,我现在走去的也是瑞塔的房间。

格鲁弗太太,日间的护士,正在当班。她应了我的敲门声。

"护士,他怎么样了?"

"不好不坏,至少我觉得是这样的。"

"没休息好?"

"不算太好。他会不时叫她的名字。"

"您没让任何客人进来看他吧?"

"没有,医生。佩恩小姐和我日夜都守在这里。还有,反正没人来探望过他。"

---

①罗宾鸟蛋蓝(Robin's egg blue),或称知更鸟蛋蓝。

我进屋关上门。面朝海的两扇大窗户前挂着白色的亚麻窗帘，窗户开着，窗帘在从门外吹来的风中颤抖。遮光帘被推到厚重的帷幔和带着花边的棉布帘后面。

亚历克熟睡着，轻轻喘着气，躺在靠在右手边墙边的一张大大的红木双人床上。有股奇怪的腐肉味道在房间里弥漫，如此熟悉，又一如既往令人不安。这是亚历克自己的问题。在他这把年纪，没有什么身体能在浸淫威士忌多年后还能承受这样的打击。可事已至此，也没必要再讲大道理了。我摸了摸他的脉搏，看了一眼放在他脚边仪表上的数字。透过窗帘朦胧的暮色光线，我能看到亚历克手里拿着什么东西，他的手在被子外面，将那个东西紧握在胸前。

那只手的皮肤皲裂而发亮，血脉充盈。随着亚历克胸膛的起伏而上下。他手里的那个东西——至少，从上面看来——是那把刻着"玛格瑞塔"、系着同心结、镀了铬的钥匙。亚历克将这把钥匙守得死死的。

"护士！"

"是，医生？"

"你看到他手里的那把钥匙了吗？你知道他为什么那么依赖它吗？或者说，你知道这把钥匙是干什么用的吗？"

格鲁弗太太似乎不知道该怎么回答这个问题。护士不应该打听病人的私事。但很明显的是，她已经打听了一番。确认过我的提问背后并没有什么陷阱之后，她走到那个有三面镜子的梳妆台旁，拉开了抽屉。

"我觉得，医生，这把钥匙是开这个抽屉用的。"她指了指，"但当然了，我也不确定。"

那个抽屉里放了一堆瑞塔的杂物，其中有一个很大的、类似象牙质地的盒子。锁上印着金色的"玛格瑞塔"字样，下面正是一个蓝色的同心结。

"你看，花式是一样的。"格鲁弗太太指出。

我举起盒子，很有分量。晃了晃，没有任何声音。上面覆盖的灰尘四处扬起，香味从抽屉中飘散，一个已亡女人的味道散发开来，她本可能就站在我身边。

瑞塔的物品很能体现她的个性——在她去世之后，那些东西变得十分可悲。其中有一只薄薄的儿童手套。一只昂贵的腕表——只是上面没有嵌着水晶，也不再戴在哪个人手上。里面还有彩色的薄纱手帕。还有发夹，卷发夹，空罐子，几管润肤乳，一捆配给供应本和一本护照。全部布满灰尘，了无生气。

我拿起那本护照，上面已是瑞塔和亚历克很久之前的照片。亚历克看起来健康又自信，在面对护照摄影师时，嘴角挂上了微笑。瑞塔怅惘而天真，戴着一顶钟形的帽子。"持证者由其夫人陪同，即玛格瑞塔·杜莱恩·韦恩莱特，生于一八九七年十一月二十日，蒙特利尔，加拿大统治区……"

所以瑞塔已经四十三岁了，而不是三十八岁。这倒不是很重要。我放回护照，把象牙箱放回原位，合上了抽屉。

格鲁弗太太清了清嗓子。"医生，我说没人来过。但是其实有一个人刚才来过，大闹了一番，玛莎把他赶走了。"

"谁？"

"那个糟糕的威利·约翰逊，醉得一塌糊涂。"

（至此，对约翰逊的提及开始让我非常恼怒。）

"他坚持说韦恩莱特教授偷了他的东西，"格鲁弗太太说，"他不停地大喊大叫，怎么也不肯走。然后去了车库另一侧的园丁工具篷，我觉得他现在还在那里，骂骂咧咧，没完没了。我们不想因为这种事报警。您能做些什么吗？"

"交给我吧，护士。我来对付他。"

我带着些许怒气下了楼，走过起居室，瑞塔的肖像笑容半露地对我打了招呼。我走过餐厅去向厨房，走下台阶来到后院。

星期六晚后，就再没下过雨。穿过那片生长稀疏、本该被称作草坪的地方，是潮湿而柔软、一路伸展到"爱人之跃"的红色土壤。地上有一些用小小的白色鹅卵石摆出的几何图案。有鹅卵石勾勒出的通往"爱人之跃"的小道。有两行属于那对再未归来的爱侣的脚印，依然被刺眼地标注着。

你能看到这座悬崖巨大的边界把这里与外界隔离开来。远处有一艘灰色的拖网渔船，悠闲地漂浮在阳光下光点闪动的深蓝色水面上。微风拂岸，有个声音大叫起来："喂！"

威利·约翰逊先生从房子左侧网球场附近的园丁篷方向走来。

他脚步匆匆，却也十分小心。甚至让人感觉他是在跟踪什么。他的宽檐帽几乎压到了眉毛，下面是一双充血的眼睛，努力地顺着鼻子的方向聚焦。能看出，他外套口袋里装了一瓶喝光的酒。我们之间还有些距离的时候，他停了下来，晃动着身体，十分用力地用手指向我，声音沙哑地说："我做了，"约翰逊先生说，"好多噩梦。"

"是吗？"

"好多噩梦，"约翰逊先生强调道，眼神追随着他那只伸出的手指，"整晚都是。有人要为这些梦付出代价。"

"你要是不戒酒的话，付出代价的就是你自己。"

约翰逊先生并不领情。

"我梦见，"他说，"尼禄大帝坐着审判我。他吸着半冠雪茄，还让人在上面涂了沥青，这样它就能点着了。真是张难得一见的丑陋的脸啊！他身后是拿着剑和干草叉的角斗士们。他这样向前倾着，对我说——"

说到这里，约翰逊先生停下来清了清他沙哑的嗓子。那似乎是另一种疗愈方式。他从口袋里掏出酒瓶，小心翼翼地用袖子擦了擦瓶口，把酒瓶举起来，在光下用一只眼估量着里面还剩多少，放到了嘴边。

然后，发生了一件事。

第十三章

事实上,有那么几秒钟,我一直在留意那稳定而微弱的"砰——砰——砰"声,这表明有一辆小马达机动车正在行进。就算不去看,我也知道那是什么。我必须承认,这给我带来的迫近的灾难感,就像是虎克船长①面对一只吃了钟表的鳄鱼一样巨大。

但我还是没料到这会是怎样的灾难。

那辆小车仍然不见踪影,在大宅对面前进。"砰——砰——砰"的声音随着它的靠近逐渐变大,沿着房子拐过一个弯来到我身后。眼前出现了一道宽大而多变的阴影曲线,并不断向着我们所在的方向延伸。威利·约翰逊嘴角叼着酒瓶,低头用一只眼看过去。

我想我从未在任何人的脸上见过约翰逊先生脸上的表情,仿佛看到恐怖事物时凝固了一样。他戴着帽子,所以我没能看见他头发是不是都竖起来了,但是从他的表情判断,我想一定如此。这让他完全不能动弹。再铁石心肠的人见此情景都会露出怜悯。实际上,正是他那恐怖的表情让我转过了身。

朝我们而来的轮椅上坐着一位既熟悉又陌生的人。那秃顶的

---

① 虎克船长(Captain Hook):长篇童话《彼得·潘》(*Peter Pan*)中的海盗船长,在故事中被鳄鱼咬掉了一只手。

脑袋上戴着什么东西，后来我才被告知是月桂花环。花环箍得很紧，看起来有些像赌徒戴的小礼帽，它的两端像两只角一样向外翘着。

桶状的身体被镶了深紫色边的厚实纯白羊毛大衣层层包裹着，如同潦草地缠绕着的绷带。只有右胳膊露在外面，这只胳膊上装点着的所谓的黄铜饰品，在阳光下闪闪发光。放在轮椅踏板上的脚上穿着一双凉鞋。右脚大脚趾上缠着绷带。那张宽大的脸上有一种恐怖的恶魔般的表情，眼镜挂在鼻子上，嘴里抽着一根雪茄。

接下来发生的事有一点混乱。

我想，威利·约翰逊发出的那声不可思议的大叫肯定都能传到海湾中的那艘拖网渔船上。他的瘫软仅仅维持了一秒钟。酒瓶离开了他的嘴唇。他垂下胳膊，再次尖叫起来，然后直直地将瓶子扔向那个正以每小时二十英里左右的速度稳定向他驶来的幽灵。

然后，仅仅说约翰逊是跑了的话，实在是太客气。他移动的速度是如此之快，简直是在与肉眼能分辨的速度比赛，他还找到一辆自行车。我记得他边跑边手忙脚乱地爬了上去。一人一车简直合二为一，无法阻挡。

但我的注意力还是在另外的事上。

即便是最高贵的罗马人，若是在脑子里装上一半威士忌，所谓的冷静沉着也会不复存在。

那个瓶子旋转着飞过亨利·梅里维尔爵士的脑袋，落在了从大宅一侧飞奔而来的克拉夫特警长和保罗·费拉尔之间。费拉尔胳膊上搭着一套西装，被这个东西绊了一下。

它飞过来的时候，H.M.下意识地用手挡了一下脸。轮椅左侧的无人操控的方向控制杆让轮椅拐了一个大弯，马达也像是被魔鬼点燃了生命一样突然加速，让他像坐上了稳定快车一样向悬崖边开去。

"转弯！"费拉尔尖叫，"转弯！小心悬崖！天哪，小心——"

毫无疑问，救了H.M.一命的是那柔软的土壤和他自己的体重。他被弹起的这两下一定在地表上留下了两道深深的沟壑。拐杖从他手里飞了出去。马达苟延残喘了几下之后还是报废了。轮椅又蹒跚前行了一段距离，然后更深地陷了下去，完成了它最后的使命，最后，简直是故意的一般，在悬崖的最边缘停了下来。实际上，他那穿着凉鞋的双脚已经悬空了。

温暖的阳光照耀下，一片寂静。

费拉尔打破了沉默。小心地从胳膊上拿下一条裤子，手握背带，像拿鞭子一样，将它狠狠地扔在地上。

"一切，"他说，"到此为止！"

"你为什么扔我裤子？"那个僵硬地坐在悬崖边、面朝大海的人，用被激怒的语气叫道，"你小心我的裤子！我没法转身，但是我能听见你作践我的裤子了。你把它怎么了？"

"比起我想对你做的事，"费拉尔用克制的语气回答，"这不算什么。听着，阿庇乌斯·克劳狄乌斯[①]，如果你打定主意要害死自己的话，为何不干脆点一枪崩了自己？我再也受不了你这样折腾了。"

"别动，先生！"克拉夫特警长有些痛苦地喊道，"不管你想怎样，别动！"

[①] 阿庇乌斯·克劳狄乌斯（Appius Claudius Caecus），古罗马共和时代的政治家，《十二铜表法》的建立者之一。

"这——"H.M.说,"我愿称之为来自大笨蛋的无用建议。你觉得我能怎么动——往前走两步然后飞起来吗?"

"我只是说——"

"向人乱扔威士忌酒瓶!"那冒着怒火的声音先是飘向海洋,又像鬼魂般飘到我们耳边,"一转弯就有酒瓶朝你的脸飞来。你知道吗,孩子,这个地方不光狗精神错乱,人也一样。还有无所作为的你们两个,现在看够笑够了?你们还要让我像克努特国王①一样坐在这里吗?有人来拉我一把吗?"

克拉夫特警长疑惑地看着他。

"先生,我不知道我们有没有这个胆量去拉你。"

那个穿着托加袍的人将手举到月桂冠旁,用力在头上又箍了箍,好像在努力让自己保持平静。

"个人来说,"他说,"我最喜欢的就是海景。这里景色很不错,我必须承认。但是我相信,再好的景色连着看两天也会变得索然无味,还有,我要是想上厕所了怎么办?去他的,你们到底为什么不能把我拉回来?"

我们都向那辆被困住的轮椅走去。H.M.的手也已松开了那根方向杆,因为它已经伸向了深渊。

"好吧,先生,"克拉夫特说,"你几乎是在悬崖边缘了,我们不能直接拉你回来。我们必须要稳稳当当地使劲拽你一把。但是,我们拽你的时候又很难保证你不翻下悬崖去。"克拉夫特深思熟虑着,"你不能自己试着动一下,看看能不能把自己救回来吗?"

"动一下,"H.M.重复着,"不错,这个建议很有用。你觉

---

① 克努特国王(Knud II den Store, 995—1035),在世时曾为英格兰、丹麦及挪威国王,且其在位时,丹麦国势达到鼎盛。

得我是什么：他妈的一条蛇吗？你们俩能不能别再胡言乱语了，想些实际的法子？"

"毕竟，"克拉夫特安慰道，"一切本可能更糟的，即便你滑下去了，现在是涨潮时间，你可能只会落在水面上。"

H.M.的后脖子变紫了。

"让我告诉你我们能干什么。"费拉尔建议道。

H.M.带着十万分小心无比缓慢地转了转他的脖子和一小部分身体，如此他便能用余光看到我们。月桂花冠如今已经狼狈地滑到了他的一只耳朵上。他嘴角叼着雪茄，朝费拉尔投去了充满深深怀疑的目光。

别说他了，就连费拉尔自己的嘴唇都是颤抖的。他好不容易才保持住了严肃的表情。风吹平了他的头发，他那双绿色眼睛里藏着一丝玄机。他依然手握H.M.裤子的背带，无所顾忌地将它们向地上摔打着。

"我告诉你我们该怎么做，"他放大了声音，"我们可以用几件衣服绑成一条绳子，绑住他的椅子。"

克拉夫特点头。"这个主意不赖，先生！"

"然后，当然了，我们可以尽可能地狠拉一把。这样他就不一定会掉下去了。"

"我很喜欢，"H.M.说，"不一定这个词。太令人欣慰了。信不信由你，这可能听上去很奇怪，但是我比较喜欢在没有二百磅[①]重的电动轮椅拖后腿的情况下游泳。你知道，你们这些家伙想出来的把戏简直让胡迪尼[②]都会感到汗颜。"

[①]磅，英美制重量单位，一磅约为0.45公斤。
[②]胡迪尼，指哈利·胡迪尼（Harry Houdini, 1874—1926），被称为史上最伟大的魔术师、脱逃术师及特技表演者。

"我们不会让你滑下去的,"克拉夫特安慰道,"不这样的话,你觉得我们该怎么做?"

"我不知道,"那位高贵的罗马人喊道,他开始用拳头击打轮椅的扶手,"我只是想让你们调动一下自己的常识,上帝难道没有赋予亚述人[①]这些吗?还有——"

"小心,先生!"克拉夫特大喊,椅子又向前倾斜了两英寸。

H.M.吐掉了嘴里的雪茄,这个举动让处在悬崖边的轮椅向上翘了一点点。然后他再次小心地转了转头,看到了我。

"如果站在那里的那位是克罗利医生的话,您能不能告诉我这个老头子,那家伙为什么要冲我扔瓶子?嗯?如果我没记错的话,那正是我昨天给了十先令的家伙吧。噢,我的天!你给了这人十先令,他用这笔钱买了瓶威士忌,然后回来将酒瓶扔到你脸上。如果这还不叫感恩的话,那我不知道什么才是了。"

"约翰逊可能把你当成尼禄大帝了。"

"把我当成谁?"

"他昨晚看了部电影,《暴君焚城记》[②]还是什么别的类似的,然后就记住了尼禄大帝。你不得不承认,你从拐角转过来的时候样子的确很吓人。"

H.M.的表情竟然缓和了下来,这让我有些震惊。

"这……好吧。或许我们之间是有些相似之处,说到这里,"他承认道,"我告诉过你,不是吗?费拉尔正在为我画一幅古罗马元老形象的肖像。"

"是的,"费拉尔说,"这是另一回事了。如果我们能把你救

[①]亚述人,生活在西亚两河流域北部(今伊拉克的摩苏尔地区)的一支闪米特族人,在西亚有四千多年的历史。
[②]《暴君焚城记》(*Quo Vadis*),由意大利导演恩里科·瓜佐尼(Enrico Guazzoni)于一九一三年执导的影片。

回来——"

"如果你们能把我救回来?"

"没错。如果我们能把你救回来,你必须要保证你能穿得像个文明社会的人类。你还得保证,再也不用轮椅玩些吓人的把戏了。不然的话,我们可就不得不把你留在那里,变成一个雕像了。"

"我以恶魔的名义发誓,我一个残疾人怎么能从这轮椅里脱身呢?"

"胡说,"费拉尔反驳道,"医生今早把夹板撤下来了。他说你慢慢走路是没问题的。"

H.M.再一次愤怒地将手放到了他的花冠上。

"有些人,"他随即说道,"可能会觉得,人被半挂在这个舒适的悬崖边的时候,是保持优雅和智慧的最好时机。也许你能。也许萧伯纳[①]能。但我是断然不能的。实话告诉你吧,孩子:我感觉自己正在拍第三部《宝林历险记》[②],老人家的耐心可是有限的。你到底要不要把我拉回去?"

"你能保证把衣服穿好吗?"

"好吧!好吧!只要——"

"小心,先生!"克拉夫特大叫道。

"我们现在需要的,"H.M.说,"是一场壮观的山体滑坡。我能感觉到我脚底的地面正在碎裂。我告诉你!能对我做出这种事的人,心肠一定坏到能在婴儿的奶里投毒或者去偷盲人的钱。"

费拉尔点了点头,似乎很满意。他最后一次在地上甩了一下

[①] 萧伯纳(G.B.Shaw,1856—1950),英国剧作家、批评家。
[②]《宝林历险记》(Perils of Pauline),由路易斯·J.加斯纳(Louis J. Gasnier)和唐纳德·迈克肯(Donald MacKenzie)指导的美国连续剧,于一九一四年上映。故事讲述了从去世的伯父处继承了大笔财富的女主角宝林,与表面上是宝林的保镖、私心却想害宝林以吞下财富的伯父的秘书斗智斗勇的惊险故事。

H.M.的裤子，拿出口袋里的零钱、钥匙等杂物。然后把所有衣服都堆在了地上，转向我。

"跟我来，医生，"他说，"厨房里肯定能找到晾衣绳。"

尽管玛莎不在，我们还是在一个低矮的橱柜里找到了一些晾衣绳。我们把H.M.结实地绑在了椅背上。然后，我们小心翼翼地拉拽着轮椅，还要承受着充满污言秽语的谩骂。有那么惊险的一刻，椅子歪了一下，但我们很快把他拉了回来。终于，解开绳子的时候，我们都感到有些恶心。

而现在唯一不受影响的就是高贵的古罗马人本人。他庄严地从椅子上起身，夸张地跛行，突出他残疾的右脚。在天际线的空荡背景下，他的身形是如此不可思议，托加袍被微风吹拂着，这一幕给海面上通行而过的两个渔夫留下了深刻的印象。他狠狠瞪了费拉尔一眼，收拾起自己的衣服。这时，玛莎从后门来了。

我以为没有什么事能让玛莎感到吃惊。即便是H.M.的长相也不行。但她开口传话时，你还是能从她的声音里听到一丝敬畏。

"如果您方便的话，"她说，"伦敦警察厅打电话来找克拉夫特警长。"

阳光倾洒的悬崖上一片死寂，令人连身体也慵懒起来。我开口了，却完全不知道该说些什么。

"所以电话已经修好了吧？"

"噢，是的，"H.M.吼道，"或许我们马上就能知道是哪个小丑把它剪了。过来，所有人。"

费拉尔递给他拐杖，我们走向了大宅。我们经过厨房和餐厅，来到起居室。电话就放在离收音机不远处，星期六晚上，曾有四个人围着它听过《罗密欧与朱丽叶》。太阳正照耀在大宅的背面，房间里一片阴郁。我们都坐了下来——我几乎是蹲了下来——克拉夫特拿起听筒。

"是的，"他说，"我在。"电话机似乎都在忍不住偷笑。克拉夫特那只健康的眼睛向H.M.看去。"是的，是的，他在，就坐在我旁边。"

H.M.粗鲁地站了起来。"是谁啊？"他质问道。

"首席督查马斯特斯。"克拉夫特用手挡了一下话筒，"您有什么要对他说的吗？"

"当然了。告诉他这条脏狗我巴不得他呛死。"

"亨利爵士想要向您致以问候，督查先生……您说什么？是的，我当然是清醒的！……是的，他的大脚趾好多了……这，不，不，他实在说不上很享受。"

"很享受，"H.M.说，"我今天差点儿送了命，可他们问了我两次，我过得是不是开心。让我和这个讨厌鬼说两句！"

克拉夫特再一次用手挡住了话筒。

"您疯得厉害，先生，"他强调着，"除此之外——他们找到了。"

电话打了很久，可我们什么都听不出来。没有人说话。费拉尔向后靠在软垫椅上，那双穿着法兰绒长裤的腿交叉在一起，他的双手深深地插在灰色毛衣的口袋里。衬衫的领口是开着的，所以你能看到他移动的喉结。他的双眼停留在壁炉上方他为瑞塔创作的那幅肖像上，眼里带着一丝悲悯，我觉得，还有一些遗憾。然后他闭上了眼睛。

克拉夫特警长的表情像他那只义眼一样变得逐渐僵硬。他笨拙地向口袋里伸手搜寻一番，一边听着电话，一边用一只手把弄着笔记本和铅笔。他把笔记本扔到了电话桌上，并迅速写了些什么。过了一会儿，他做了个深呼吸，说了几句感谢的话，然后挂了电话。转回身时，他的表情变得更加阴森了。

"好了，先生，"他承认道，又做了一个深呼吸，"看来您是对的。"

"我当然是对的，孩子。"

"还有，或许——"克拉夫特看了看我，"医生也是对的。"

"什么是对的？"费拉尔睁开眼问道。

"继续说，孩子！"H.M.没耐心地催促着，"我住在那家伙家里。我很了解他。他不会瞎说。"

克拉夫特看了看笔记本。

"您听说过，"他问，"一本名为《聚光灯》的戏剧出版物吗？"

"当然。那有点像演员的宣传册。它怎么了？"

"他们到处都找不到巴里·苏利文的照片。但是最终在《聚光灯》的编辑部找到了一张旧照。今早，他们将这张照片带到了位于格罗夫纳广场的美国领事馆。"

克拉夫特端详着铅笔的笔尖。从他的嘴角来看，他有些担心，却又笑着。停顿了好久之后，他再次开口。

"美国领事馆的档案记录里没有'巴里·苏利文'这个人。但是，他们看了照片，护照部门的一个女孩一下就认出了他。他们的档案里存有他的照片和右手拇指指纹——这是一种新的战时措施——所以我们可以轻易查到。

"'巴里·苏利文'的真名是雅各布·麦克纳特。一九一五年生于阿肯色州①的小石城。我现在已经掌握了全部信息。"克拉

---

① 阿肯色州（Arkansas），美国南部的一个州，首府为小石城（Little Rock）。

夫特用笔点了点笔记本。然后抬起头，"或许您最近有看到关于美国客轮'华盛顿号'这周要停靠戈尔韦的新闻？"

"是的，"我说，"亚历克·韦恩莱特提过。"

"来接那些想回家的美国公民和家人回去。"

"没错。"

"雅各布·麦克纳特，也就是巴里·苏利文，"克拉夫特缓慢地说，"以及他的妻子，不久前定了'华盛顿号'上的舱位。"

对真相模糊的一瞥，让我脑海里翻腾的迷雾逐渐找到了焦点。

"他的妻子？"费拉尔重复着。

克拉夫特缓慢而矜持地点了点头。

"我们找不到韦恩莱特太太的照片，"警长解释道，"但是美领事处的一位先生从我们的描述中认出了她。这位'妻子'就是瑞塔·韦恩莱特。他知道这个也不足为怪，因为正是他为她办理了去往美国的签证。"

我从椅子上站起来，又坐下。

"她持有的是名为瑞塔·杜莱恩·麦克纳特的英国护照。底部有官方注明，'系美国公民之妻'。法律是这么规定的，你看。美国法律中，与美国人结婚的英国人无须加入其丈夫的国籍。所以她持有的是自己的护照。"

"可是瑞塔，"我反驳道，"并没有和苏利文结婚啊？"

克拉夫特哼了一声。

"可她和巴里走过结婚流程，因为她需要那本护照。"

"瑞塔有自己的护照！我刚在楼上的梳妆台抽屉里看到过！"

"那这，"克拉夫特说，"对她来说就不太有利了。医生，您看，这座邮轮只载美国人和他们的家属。还有，如果她就是想要消失、开始一段新生活的话，她需要一个新的身份。所以她伪装了身份拿到一本新的护照。"

正转动着他的拇指的H.M.解释了起来。

"是这样,医生,"他十分耐心地说,"你见证了整件事的发生。但是你从未注意到真正发生了什么。这两个人,瑞塔·韦恩莱特和巴里·苏利文,从来都没想过要自杀。'协定自杀'这件事是假的,是被精心策划、小心伪装过的。整件事的呈现,饶了我吧,简直让我想要赞美!这背后的人想要骗过的不仅是亚历克·韦恩莱特,还有整个英国。

"那个女人(你难道还不明白吗?)觉得这将是她唯一的出路。她真的很爱她的丈夫。她不能忍受让他受伤。但她同样也不能放弃情人。所以她那歇斯底里而又浪漫至极的本性驱使她策划了这么一个在她看来合理的方案。她不能直接和苏利文私奔。可是如果她丈夫和其他人都觉得她和苏利文死了,那他们就自由了。

"真是个迷人的点子,也很有代表性。典型的躲避责任。你现在还不明白吗?"

第十四章

"如果你还不明白的话，"H.M.补充道，"就往回想想！"

他下意识地把手伸到口袋里，去寻找本该装在那里的雪茄盒，却只摸到了自己的托加袍。他一脸不悦，只得作罢。

"五月二十二日，瑞塔·韦恩莱特非常焦虑地去了你的诊室，说想让你帮她一个忙。她对你说的第一句话是什么？让我告诉你吧。她说：'我刚和我的律师大吵了一架。自然不会有牧师愿意这么做，我也不认识什么其他医生，你一定要……'然后她停在这里了。没错吧？"

我频频点头。

"是的，的确是这样。"

"好的，那么，申请什么的时候，"H.M.说，"会需要医生、律师、牧师或者其他有公信力的人来推荐和担保呢？"

费拉尔坐直了，回答道。

"护照。"他说。

瑞塔来到我办公室时发生的一切，再次残忍而生动地在我眼前回放。她的红指甲，看向天花板的闪躲眼神……她总是在要吐露些什么的边缘犹豫着。"真是一团糟，"我几乎能听到她的声音，"如果亚历克忽然死了或者什么的。"然后她鬼鬼祟祟地看向我，判断我的反应。

但我还是要反驳。

"这简直太精彩了！可他们的钱从哪里来呢？苏利文几乎是一穷二白，瑞塔也没什么积蓄。"

"如果你还记得的话，"H.M.嘟囔道，"你问过她同样的问题。但这似乎并没有让她觉得困扰。至少她口头上没说什么，孩子！你明白吗，因为，她对此已经有答案了——你忘了那些钻石吗？"

他抬起头看向壁炉上瑞塔的肖像。那时，我才停止注视那幅肖像上那张带着试探笑容的脸；也是那时，我才想起我先前说过的话：费拉尔画她的时候，她身上戴满了钻石——脖间的钻石项链，手腕上的钻石手镯。当我转移了观察的重点，画里的钻石便似乎开始狡猾地向我眨起了眼。

"你自己，"H.M.继续道，"对我说过好多次，韦恩莱特教授有多爱给她买钻石。很快，政府就会颁布一条有关禁止将钻石带出国的禁令，但是在实际操作上有很大的回旋余地。"

"可亚历克·韦恩莱特，"我说，"都快要破产了。那些钻石可能是他唯一的财产。瑞塔肯定不会把它们带走，让亚历克承受……"

"快要破产了，"H.M.小声说，"啊哈，她知道吗？"

（真相令人晕眩。）

"这——她不知道。我想了想，她不知道。亚历克自己告诉我的。"

"他对自己生意上的事都是这么严防死守吗？"

"没错。"

"她依然觉得他很有钱吗？"

"我估计是的。"

"话已至此，就让我们把问题说得清楚一些，"H.M.说，"有谁知道钻石的保管位置吗？"

"这个我知道，"费拉尔插话，"实际上，我昨晚就告诉过你了。她放在——或者说她曾经放在，无所谓了——一个大大的钢边象牙盒里，就在她的卧室里。你得用一把小钥匙打开那个盒子，钥匙有点像弹子锁配的钥匙，但还要小一点，上面刻着'玛格瑞塔'，还有一个同心结。"

H.M.盯着我，继续转动着他的拇指。他的表情酸溜溜的。

"不出所料，丈夫猜到了，"他说，"你转述过的他在星期六晚上所说的一切，都能证明这一点。'杀了我？我看您是不了解我的妻子。他们才不会计划杀了我。但我可以告诉你他们是怎么计划的。'你明白了吗，只是他的猜测有些偏离。他完全没想到这种花哨的假协定自杀。他以为他们只是打算一走了之。

"然后发生了什么？你回来，告诉他，他们两个跳下'爱人之跃'了。这让他大吃一惊，让他晕头转向。他尖叫着说不敢相信。然后呢，他是怎么做的？他跑上楼去看她的衣服还在不在。'她的衣服都还在，'他下楼的时候这么说道，'但是——'，正是此时，他手里多了一把小钥匙。也就是说，笨蛋们，钻石不见了。"

房间里一片安静。

费拉尔缓慢地左右摇着他的脑袋，依然盯着地毯。当他抬起头再次看向那幅画像的时候，他那瘦削的下巴上的肌肉紧绷了起来。

"你是说，"费拉尔插话，"韦恩莱特先生早就打算好了要让他们拿走钻石？"

"是的。"

"尽管他自己也没什么钱了。"

"确实有这样的人存在,孩子。"H.M.的语气带着歉意,"很明显,亚历克·韦恩莱特就是其中之一。但是你能感觉到吗,他对这个世界有些疲惫、厌倦,甚至恶心。"

我看着那幅肖像,琢磨着所有细节,一切都显得很合理,似乎很难再去质疑H.M.的推测。更何况,即便我想要质疑,又如何能推翻领事馆给出的护照和签证这两个证据呢?

可是,即便假设这些都是事实,真的有必要这样诅咒和来回鞭打关于瑞塔的曾经吗?就像H.M.暗示的那样,这完全是瑞塔的性格使然。她把一切带向了毁灭,可她的本意是好的。她差点杀了亚历克,但那并不是她的初心。即便我们要称赞亚历克,但就一定要去责怪瑞塔吗?

"至于韦恩莱特太太和苏利文——让我们叫他苏利文——你大致能想到他们要干什么,"H.M.继续道,"她需要弄一本新护照。他需要把车从伦敦开到这里,并藏在画室里,这样他们就能在一切安排妥当的时候偷偷跑掉。"

"跑掉?先生。"克拉夫特警长打断了。

"是的。先到利物浦,然后弃车,去爱尔兰和戈尔韦。然后他们需要毁掉所有自己的照片。为什么?上天哪!他们马上就要被指认为悲剧受害者了。到时候报社就会到处寻找他们俩的照片印在报纸上面。"

克拉夫特点了点头。

"我明白了,"他沉思着说,"他们不能让任何机构,比如说美领馆或者大不列颠护照办事处的人,从报纸上看到他们的照片,然后说,'啊!这明明不是瑞塔·韦恩莱特太太和巴里·苏利文先生。这是雅各布·麦克纳特夫妇，他们现在不是正应该在开往美国的邮轮上吗？"

H.M. 摊开双手。

"你要是还想要更多证据的话，"他冲我喊道，"就回想一下星期六晚上发生的事。

"是谁选了星期六晚上这个女佣休息的时间去玩牌的？瑞塔·韦恩莱特。是谁解雇了爱偷听别人谈话的园丁约翰逊？瑞塔·韦恩莱特。是谁拒绝了她的丈夫举办大型聚会的建议，坚持只要四个人出席？瑞塔·韦恩莱特。

"最后，这对爱侣选择的戏法表演时间是几点？当然是晚上九点。为什么？因为亚历克·韦恩莱特是个新闻狂。只要约瑟夫·迈克劳德[①]和阿尔瓦·利德尔[②]那令人感到慰藉的声音一降落在这片土地上，他就会闭目塞听，对其他的一切都不闻不问。不会去阻止他们离开这间房间。没人能阻止。丈夫太过专注，客人太过难堪。

"提醒你一下，瑞塔当时的表现不完全是表演。"一点也不！所有的情绪，发生的一切，都让人感觉她几乎是真的要去自杀了。她抚摸着丈夫的头发的时候，是真心实意的。当她的眼泪成串落下的时候，她也是真心的。

"从某种程度上来说，先生们，她是要离开这种生活。她是在告别。她在用自以为锋利的刀去切断曾经的一切，她的过往和旧日羁绊。如果你愿意的话，也可以说这是种做作的无意义行为。但关键在于，她自己并不这样觉得。噢，不。她走了。还有那位帅气的苏利文紧跟了出去——正为带着价值五六千英镑的钻

[①] 约瑟夫·迈克劳德（Joseph Macleod, 1903—1984），英国诗人、演员、新闻主播。
[②] 阿尔瓦·利德尔（Alvar Liddell, 1908—1981），英国著名新闻主播。

石离开而感到紧张。"

H.M.眼里充满愤怒，清了清嗓子。

费拉尔一边点燃那支令人熟悉的樱桃木烟斗，一边快速抬头看了一眼。火柴的光照亮了他粗糙的手腕和他吸烟时下陷的脸颊。

"长官，请告诉我一件事，"他吹灭火柴，"关于这位巴里·苏利文，或者雅各布·麦克纳特。"那个猫一般的笑容再次闪烁在他长长的鼻子下面，"他是真的爱这个女人？还是仅仅对钻石感兴趣？"

"这……我从来没见过他。从别人对他的形容，尤其是他妻子对他的形容来判断——"

"你是说贝拉？"

"是的。我大概能没把握地猜测，这对二人来说都十分划算。他的良心没有阻止他去做本不该做的事，只是让他对自己的所作所为无法心安理得。但是你可以想想看他们星期六晚上的行动。他们从房间里跑了出去。然后……"

克拉夫特警长轻柔地说。

"是的，先生。然后什么？"

"我不知道！"H.M.咆哮道，"我完全找不到任何蛛丝马迹。我这个老头儿被彻底迷惑了，不知所措。"

显然，这就是让他烦恼的事。他被裹在镶着紫边的托加袍里，身形巨大，明显已经忘了自己脚趾上的伤，在壁炉前笨拙地走来走去。他取下那顶月桂花冠，拿远打量了一下，放在了收音机上。然后他说：

"现在请大家跟随我的思路，我的笨蛋们。我们知道的是：那两个人在九点到九点半之间，走向了'爱人之跃'。他们在那里消失了。但是他们没有跳崖,也没打算要跳崖。"

尽管克拉夫特满脸疑问,眉头紧锁,但还是点着头。

"孩子,有两种可能的解释,"H.M.语气强烈,"要么,第一种可能,他们用了某种方法从悬崖前面下去了;要么,第二种可能,他们用某种方法又回到了这座房子,准备坐着苏利文的车私奔。"

克拉夫特突然坐直了身体。费拉尔十分不解地看了我一眼,从嘴里拿出烟斗,可我只能耸了耸肩。

"等等!"警长要求道,"这样的话,悬崖边发生的谋杀又如何解释呢?"

H.M.做了个鬼脸。

"噢,我的孩子!你不会还觉得谋杀是在悬崖边发生的吧?"

"这就是我一直以来的推理假设,没错。"

"那么这个假设是错误的。"

克拉夫特的阴郁达到了极点,几乎结巴了起来。他用铅笔的笔尖轻轻地敲打着笔记本。

"我想听听您这么说的证据,先生。"

"好吧。让我们试试。"H.M.如同扛被子一样拖起了他的托加袍,转向我,"医生,你当时就和韦恩莱特教授一起坐在这里。后门是开着的,你和房间外只隔了一扇通向厨房的薄薄的双开门——"他指着——"你甚至能感觉到从门下的缝隙吹进来的风。对吗?"

"没错。"

"如果他们俩是在悬崖边被一把零点三二英寸口径的勃朗宁手枪开火两次枪杀的话,那么你当时听到枪声了吗?"

我回想着。"没有。但这不一定反常,或者能被当作证据。

当时悬崖上风很大。如果风吹向错误的方向，声音是会被带走的……"

"但是风并没有吹向错误的方向，去他的！你自己说了好多次，你走出去的时候，风是如何笔直地吹在了你脸上。你甚至在这里都能感觉到。"H.M.尖锐而令人不安的眼神，直勾勾地固定在了我身上，"枪声怎么会没有被吹过来呢？噢，如果有人打算对消声器喋喋不休的话，我就闭嘴睡觉去了。"

一阵漫长的沉默。

克拉夫特用铅笔尖敲着笔记本。

"您怎么看，先生？"

"是这样的，"H.M.恢复了他那令人不快的一本正经的语气，"那对情人以为他们有三重保险证据，能骗过别人，让别人以为他们自杀了。也的确如此。"

"他们走出去，那样做了。可能并没花很多的时间。然后离开了这一区，找到他们的车，跳了上去。他们大概是在九点多离开的。但是凶手抓住了他们，近身朝他们开枪，然后把尸体扔到了海里。"

"嗯。"克拉夫特说。

"你看，几乎如同魔法般令人迷惑不解的并不是凶手。恰恰相反，凶手是个十分直接的家伙。你注意到他接下来那个晚上，也就是星期天晚上，做了什么吗？他要想办法处理掉苏利文的车，这样就没人会对这对情人产生怀疑了，一切依然能被当作是协定自杀。所以他把车开到了埃克斯穆尔的沼泽里。你难道不记得，贝拉·苏利文说看到'塞在侧袋里的那两本小小的地图一样的册子，一本是蓝的，一本是绿的'？"

"然后呢，先生？"

"那不是公路地图。是护照，一本英国护照，一本美国护照。但是贝拉·苏利文从来没出过国，所以她认不出来。"

H.M.吸了吸鼻子。

他将长袍的一角甩向肩膀，挑衅地环视我们，然后再次坐下。一如既往地一本正经。

"让我再重复一遍，"他强调道，"如同魔法般令人不解的不是凶手的诡计。恰恰相反，我们想要了解的是那该死的受害人的诡计。"

费拉尔用烟斗管轻敲着自己的牙齿。"你是指，他们是如何出去，再也没回来的？"

"是的，孩子。这的确弄晕我这个老头子了。我一分钟前说过，他们要么是通过某种方式从悬崖正面下去，要么就是毫无痕迹地回到了大宅。我知道，我知道！"在警长要表示反对的时候，他猛烈打着手势示意克拉夫特安静，"这两种解释都是绝对的胡话。"

"你对此很确定吗？"

"我无比确定。苍蝇都没法在那个悬崖正面飞上飞下。至于脚印……"

克拉夫特警长坚定地说道。

"我再说一次，"他宣布道，"脚印没有任何蹊跷。韦恩莱特太太和苏利文先生走了出去，再也没回来。这就是我要说的。"

"同意。"H.M.说。

"但是，"费拉尔抗议道，他的声音从烟雾后飘出，眼中闪烁着的光芒或许是恶意的嘲笑，又或许是真的想要提供帮助，"您是否意识到这个想法将您置入了比之前还要更为艰难的境地？"

"无论如何，我意识到了。"克拉夫特答得干脆利落。

"本来，只有一位能不留痕迹走过软土的嫌疑人。可现在却变成了两具会飘浮的躯体。或者，更糟一点，是能走到'爱人之跃'，然后像泡沫一样消失，再出现在别处的一男一女……"

"别说了！"克拉夫特说。

费拉尔把脑袋靠在椅背上，吹出一个烟圈。我能看到他脖子上的青筋和从他半眯着的眼皮底下透出的光亮。他把胳膊肘架在椅子扶手上，用烟斗缓慢在空气中画了一个圈。

"这让我很感兴趣。"他陈述道。

"多谢，"H.M.说，"希望我们为你带来了一点欢乐。"

"我是认真的。"烟斗画出了另一个圈，"你的意思是，我们——聚在这里的这群有识之士——解答不了瑞塔·韦恩莱特和巴里·苏利文设下的谜题？无意冒犯，他们可不是什么聪明人。"

克拉夫特警长在角落里抱臂沉思。我猜他脑子里一定在琢磨什么，但他忽然从沉思中醒来，抛出了一个问题。

"您跟那二人都很熟吗，费拉尔先生？"

"我和瑞塔很熟，没错。"费拉尔抬眼看了一眼那幅画像。他把烟斗放入嘴里，一边吸烟一边沉思，"我和苏利文几乎不认识。我见过他一两次。他给我的印象就是一个长相不错、举止得体的傻子。搞不懂为什么像莫莉·格兰杰这样的女孩会对他有意思……"

费拉尔似乎正在脑海里寻摸着更为尖锐的角度和形容词，他咬着烟斗的管部，徒留一脸愤世嫉俗。

"但他确实有一种天赋，"画家继续道，"一种通常会为人所赞美的天赋。他是个十分厉害的谜题设计者。"

"正是如此！"我强调道。

所有人都转过身来看着我。

"正是什么？"H.M.怀疑地询问。

"我一直在想，我是何时何地听到过谜题与这二人之间的联系。是亚历克自己说过。他在那个众所周知的星期六邀请我去他家的时候曾说过，瑞塔和苏利文都是谜题爱好者，我们可能要一起玩解谜游戏。"

"韦恩莱特教授，"费拉尔咧嘴笑着，"似乎很有预言天赋。他像个绅士一样缄默不语。"

"他是玩解谜游戏的好手吧，我猜？"H.M.质问道。

"他曾经非常厉害，没错，但那是在他精神崩溃之前。那些数学方面的东西让我无聊至极。你知道吗，就是那种问题。比如，一个名叫乔治的诡计多端的老滑头说：'我家禽舍里有几只母鸡。如果我今天拥有的母鸡数量是我昨天拥有的两倍，是玛蒂尔达阿姨家星期二拥有的母鸡数量三点五倍的话，那么我今天有多少只母鸡？'你只想说：'天哪，乔治，别为我的人生带来这么多麻烦。你明明知道自己有多少只母鸡，不是吗？'"

费拉尔再次懒洋洋地吞云吐雾。

"但这不是数学。这需要一些真正的想象力。不管那个不怎么聪明的苏利文设下了什么谜题，我们都应该通过检查路线这个简单的方法去解开。"

"简单的，"H.M.低吼道，"噢，我的天！年少的鲁莽！天真！"

"我还是坚持我的看法。我们的苏利文先生——"费拉尔的鼻子皱了皱，"不会打败我的。我提议解决他带来的这团乱麻。如果我们的大师承认他遇到了困境，"他向H.M.点了点头，"我就自己出手了。您觉得呢，警长？"

克拉夫特依然在沉思。他抬起脸向上的时候，表情柔和了下来。可双臂依旧交叠在胸前,好像在保护自己。

"好了,先生们,"他说,"我可以简洁地告诉你们我的想法。我依然确信根本没发生任何谋杀案。"

第十五章

这让大家炸了锅。尽管H.M.和我持反对意见,克拉夫特还是保持着冷静。他举起手示意大家安静。

"可是现在的事实又是什么？"他问道,"我承认,亨利爵士证实了那两人本想坐邮轮去美国。"

"谢谢你孩子。我十分感激。"

"但他一直都在从错误的角度审视这件案子。现在他又说,这两人根本就不是在悬崖上被枪杀的。那他们是在哪里中枪的呢？"

"我怎么知道？"H.M.喊道,"没准是在那间画室的私密妓院里,又或者是在海岸边的某个洞穴里。这位老兄,"他向费拉尔点了点头,"一直在念叨着关于洞穴的事。"

"这也叫证据吗,先生？"

"可能不是。但是……"

"这是我掌握的证据,"警长不无道理地指出,"还有,据我所知,这桩案件里真正的证据从昨天起就没变过。"

"你是说他们是自杀的？噢,我的孩子。"

"怎么,这有变吗？假设他们就是打算远走高飞！"

"你对此并不怀疑吧？"

"等等。我在思考一个昨天问过你的问题。我说,'如果他们本来就打算自杀的话,为何还要去谋杀他们呢'?你当时说这无所谓:他们可能本打算自杀,结果又没那个胆量。"

"这?"

"不如,"克拉夫特建议道,"换个角度想想。他们决定拿走那位老先生的钻石。他们计划好了一切。但是最后一刻,韦恩莱特太太——她显然是这个计划背后的怂恿者——无法面对这一切了。克罗利医生告诉我们,你也承认了,她有多爱韦恩莱特先生。我可能对女人了解不多,但是那句'我宁愿去死!'在我听起来十分真心。"

"啊哈。是吗?"

克拉夫特的双臂抱得更紧了。

"她改变了主意,把苏利文叫到了悬崖边。她对他开了枪,然后对自己开了枪。然后克罗利医生因为无法承受把瑞塔和协定自杀这件事联系在一起,把枪从悬崖上带走了——就像我们昨天认为的那样。"

我们又回到了原点。

就算我再次奋起表示抗议,似乎也没有什么意义。可这次,我觉得 H.M. 是站在我这边的。

"有一个,"他带着歉意咕哝道,"我也不想麻烦你去想的小细节。可我那与生俱来的恼人诅咒让我不得不提出来。有人在星期日晚上把苏利文的车开到了埃克斯穆尔,并且扔进了黏糊糊的沼泽地里。这你难道忘了吗?"

克拉夫特那淡淡的微笑并没有延伸到那只义眼上去。

"没有,先生。我没忘。但是在场的某位昨天可是对我们承认过,他对埃克斯穆尔的每个角落都很熟悉,会知道该把车扔在哪里——这是我们中的大多数人都做不到的。不好意思，医生，请问您星期日晚上在哪儿？"

如果有人相信我的话，我确实过了好一阵子才明白他是何意。也许我不怎么聪明，可是这个想法的确是荒谬到我压根儿没去认真想。直到所有人的眼睛都看向我，我才明白过来。毫无疑问，费拉尔已经从 H.M. 那里听来了所有细节。

"你知道吗，卢克医生，"费拉尔说道，走过去用烟斗敲着壁炉顶部，"我觉得这种说法很可信。这完全是你能做得出来的，那种愚蠢的、发扬骑士精神的事。"

"我的样子肯定是出丑了。"H.M. 着急地说。

"放松，医生！记住你的本心！"

"可这就是事实，"费拉尔宣称道，"我完全能想象到他是如何在半夜跑出去做这一切的。去保护一位女士的名声，销毁她本来打算和苏利文私奔的证据。"

我恐怕是咆哮了一阵，然后说道：

"不管我说什么，你们都不会相信。但是你觉得有任何尚有体面可言的人——尚有任何感情的人——会把尖叫着的苏利文太太就那样留在那辆陷入沼泽的车里吗？"

"那位年轻女士受伤了吗？"克拉夫特问，"我不太记得了。"

"我也不记得了。"费拉尔赞同道，我猜他这样做纯粹是出于要雪上加霜的丑恶之心，但他就是这么做了。他长长的鼻子下面再次泛起了微笑的弧度，"我觉得，贝拉应该说是被十分温柔地安置了。换作是我，也无法做得更好。"

"她莫名其妙地被带回来了，"克拉夫特继续道，"尽管你会猜想，谋杀犯应该会把她留在大雾重重的荒郊野外。不怎么关心她是不是会冻死或者什么的。可当她醒来却发现自己身处画室上面的那座小房间。你怎么看,亨利爵士?"

H.M.似乎没听到。他坐在椅子上,身体前倾,手肘架在椅子扶手上,拳头撑着下巴。要不是他戴着眼镜,他那副样子比起尼禄大帝,更像在古罗马议会中沉思的马尔库斯·图利乌斯·西塞罗①。

"发现她回到了画室,"他茫然自言自语道,嘴角向下弯着,"发现她回到了……噢,我的天!"他醒了过来,胡乱做了一番手势,然后向上推了推鼻梁上的眼镜,"不好意思,孩子。我这老头子刚才有点心不在焉。医生又做了什么见不得人的事吗?"

"我可什么都没说,也不是在暗示什么,"克拉夫特撒谎说,"我只是在问他星期日晚上去哪儿了。"

"你这混蛋,先生,我当时在家!"

"我知道了。您几点睡的,医生?"

"很早。九点前就睡了。他们说我前一晚耗了太多神。"

"那之后您有见过任何人吗?"

"这……没有。我在那段时间通常没有访客。"

"所以如果需要的话,您无法证明您当时在家?"

我抓住自己的衣领。

"让我告诉你是怎么回事,"克拉夫特松开了双臂,用铅笔指向我,十分认真地说,"我努力试着去讲道理,但是你没有给我任何选择的余地。有人把枪从他们自杀的地方拿走了,还有,有人处理掉了那辆车。这一切都是为了保护韦恩莱特太太。我警告过您,医生,您会在明天早上的审讯中遇到很多麻烦。而现在,我就要引出这些麻烦。"

---

①马尔库斯·图利乌斯·西塞罗(Marcus Tullius Cicero,前106—前43),古罗马著名政治家、哲人。

他转向H.M.。

"你难道还不明白吗?先生,我想要的只是证据而已。给我他们两个并非自杀的证据!可你却说他们是想出了什么能飘起来或者不带脚印行走的办法……"

"我现在还是要这么说。"

"那他们又是如何做到的呢?"

H.M.深呼吸。"你知道,"他不客气地开了口,"我一直都有这么一个名声。"

"什么名声,先生?"

"制造这种困境的名声。我叫它万物的可怕诅咒。把我们带入一团混乱——"H.M.酸溜溜地冲我眨了眨眼,"你大可去感谢你那位有说服力的律师朋友,史蒂夫·格兰杰先生。在我听过的为数不多能迷惑办案者想法的人中,他是最厉害的。"

"要我说,亨利爵士,他是唯一一个说人话的,"克拉夫特反对道,"他在这个地区很有影响力。"

"我对此毫无疑问。宵禁开始的时候,克罗利医生铁定会入狱。这也正是为什么我必须要坐在这里进行思考。"H.M.深吸了一口气,像个即将进入竞技场的古罗马摔跤手一样狠狠地瞪了我们每一个人,"没有别的理由。我必须想办法解了那个飘浮谜题!"

"在我能提供的有限的帮助范围内,"费拉尔说,"我要提个建议。实际上,我觉得我现在就能帮您解决。"

"你?"H.M.说,他的冷笑如此放肆,就好像他这位年轻的朋友是一只在思考的虫子。

"别这么傲慢,长官。您不是世界上唯一一个享受这些好笑的事的人。"

"不。但我考虑的不是你这种好笑的事。关于贝拉·伦弗·苏利文,或者……"

出乎我的意料,费拉尔变了脸色。尽管他努力轻松地向后靠在椅子上,用空荡荡的烟斗杆敲着自己的牙齿,还是无法掩盖他那奇怪的僵硬表情。

"我亲爱的康茂德①,"他说,"贝拉和我之间从来就什么都没有。我昨天晚上肯定是喝多了,火上浇油吹牛来着。听着,我希望你没跟莫莉·格兰杰说什么。"

"所以?"

"我只是心血来潮罢了。"

"我有些看不懂你,"H.M.说,"有时候你说的话像是被生活搞得无聊透顶的世界第一浪子。有时候又像个从伊顿公学放假回来的混蛋。"

"就我所知,长官,我正在努力地去解开您的谜题。"费拉尔依然温文尔雅,"您说这两位私奔的朋友根本不可能有办法从悬崖正面爬下去?"

"没错。"

"不。假设他们是跳伞下去的呢?"H.M.严肃地看着他。

"别胡言乱语,孩子。我痛恨胡言乱语的人。况且——"他揉了揉鼻子,"——这我已经想过了。"

"这是胡言乱语吗?"费拉尔柔声问道,"这是吗?我们最近可是已经看到了不少精彩的跳伞表演。我不大确定是不是有这么一种降落伞,能让你从短短七十英尺高处跳下的时候也稳稳地降落。但这又为什么不可能呢?"

---

①康茂德(Lucius Aurelius Commodus Antoninus, 161—192),古罗马帝国安敦尼王朝的第七位皇帝,也是最后一位皇帝。

"因为我说不可能！"H.M.吼叫道，捶打着自己的胸口。"如果他们是训练有素的伞兵，或者有一个特制降落伞的话，这或许有那么一丁点可能。可对那两个人来说，就没什么希望了，据我所知，既没经验又没伞的情况下，在月黑风高的夜晚里跳到岩石上？不，孩子。这不可能。"

"那么这一切到底是如何完成的？"

"这就是我们要去搞明白的事。跟我来。"

"你不能穿着这身衣服去！"

"这身衣服怎么了？啊？你可是想让我穿着这身衣服画像的，虽然我早就怀疑这是你取笑我的方法。还有，如果……"

"这身打扮在我的画室里没什么问题。但我可不想你穿着这身衣服环游整个国家。该死，要是老格兰杰听说我的客人打扮得像个古罗马人一样跑来跑去，他会怎么说呢。"

"好的，我听你的总可以了吧？"

费拉尔还是指着那件衣服。

二十分钟后，我们就着黄昏的苍凉光线，站在了瑞塔·韦恩莱特和巴里·苏利文最后留下的脚印前。

它们被小小的、漆白了的鹅卵石勾勒出的线路轮廓包围着，简单得令人恼火。克拉夫特警长站在一侧，抚摸着自己的下巴，露出了一副胜券在握的神情。而费拉尔，老实说，深受打击地坐在后面的台阶上。H.M.——已经换上了普通衣服，除了那双软垫拖鞋，看起来不再那么气焰嚣张——在他的大肚子允许的范围内，用力弯着腰去研究地上的痕迹。

"先生？"克拉夫特催促道，语气高昂，带着孤傲的取笑。

H.M.抬起头。

"有很多时候，"他说，"您都会让我想起马斯特斯，一想到他就令人反胃。噢,上帝啊!这些是完全真实的脚印,没有被掩饰和篡改的痕迹。"

"我一直都是这么告诉你的,你知道。"

H.M.把拳头放在胯上。

"你发现了吗,"他提示道,"脚趾的印迹十分刻意?好像他们当时是在跑一样?"

克拉夫特语气冷漠:"是的。我们注意到了。他们当时在跑,正如我们从他们步伐的长度中能判断出的那样,但跑得不是很快。或许说,只是在匆忙地走。"

H.M.一脸不情愿地将头从一边摇到另一边。

"要我说,孩子,你介意我走在脚印上面吗?我注意到,这是这串脚印中唯一一段没有被弄乱的部分了。"

"请随意。就像我告诉过您的那样,我们有石膏模型,在警局有备份。"

H.M.开始沿着那条小路走了起来。尽管星期六晚过后就再没下过雨,他的脚印还是深深地陷了下去。为了保护受伤的脚趾,他小心翼翼、一瘸一拐地向"爱人之跃"走去。到尽头处,他站在长满半圈杂草的小土包前,探头向悬崖下看。那幅情景,即便是远远地看,都令我想吐。不恐高的感觉一定棒极了,那对他来说似乎根本就是小菜一碟。

"发现什么了吗?"克拉夫特喊道。

H.M.转过身,拳头依然放在胯部。天际线下,微风从他身后吹起他的亚麻外套。他的眼睛先是向右看去,然后又向左看,环顾了面前的宽阔地域,而后停留在地面的无数脚印上。现在还包括我们自己的脚印和他自己的轮椅的行动轨迹。他看了看那白色鹅卵石划出的几何形的区域。风吹来了他响亮的声音。

"喂!"

"怎么,先生?"

他用自己的大脚趾示意着。

"这个地方在被人们随意踩踏之前保留得十分完好。那些鹅卵石划出的几何图案,看起来像是欧几里得在海边玩耍时留下的作品。还有鹅卵石小径。这些能被用来耍花招吗?"

"您的意思是有人能在上面行走吗?可以自己试试看。"

H.M.用自己的右脚跟小心翼翼地试探着:鹅卵石陷进了地面。看来行不通。

"可是看看这个,孩子。这难道没有用途吗?"

"这里什么植物都无法生长,"克拉夫特指出,"它们都是装饰品。还有,"他阴森地笑了,"能帮你在黑暗中分辨路线。"

H.M.满脸怀疑。他依旧在摇头,笨重地沿着那四英尺宽的小径向我们走回来。他再一次停下来端详起那些脚印。

"这有点离奇,"他说,"他们是如何能在奔跑中保持步伐的。简直就好像——"他停了下来,揉了揉下巴,没有再继续。

"拜托,"克拉夫特尖锐的嗓音忽然惊扰到我,"别浪费时间了。从常理判断,克罗利医生,您能不能承认您从哪里偷了那把枪,这样咱们就都可以回家吃饭了。"

"你犯了一个糟糕的错误,孩子。"H.M.小声说。

"好吧,先生。"克拉夫特从喉咙深处吐出,"是我错了。我们就先到此为止,等明天早上的审讯再说。可以吗?"

"但是听着,你这家伙!这个什么协定自杀都只是障眼法而已!你说他们是为了逃跑而计划了这一切。然后,出发的那一刻,他们听着《罗密欧与朱丽叶》,忽然改变了主意,决定去做那更为荣耀的选择。如果他们的确那么做了,他们又是在哪里忽然举起了枪？现在谁都说不通这一点。"

克拉夫特摇头。

"我不觉得他们是这么做的，亨利爵士。"

"那你怎么看？"

"依我看，一开始他们是打算离开的，就像您说的那样。但是那之前，可能是几天前，韦恩莱特太太改变了心意。她说服了苏利文和她一起自杀。他们听着《罗密欧与朱丽叶》度过了最后一刻，然后就去了。记住：没有证据表明他们带了衣物。没有行李箱也没有包裹，什么都没有。他们要是打算跑的话，肯定早就准备好衣物了。"

（我必须承认，这对极了。）

有那么一会儿，H.M.只是死死地盯着自己的前方。然后他掰了掰自己的手指。

"钻石！"他自言自语道，"我差点忘了钻石！"

"钻石怎么了？"

"他们带走的钻石！"

"但是我们并不知道他们是否拿了钻石。那只是你的推测罢了。我们还没看过那个出名的象牙盒子呢，因为护士不让我们进。所以——"

H.M.打断了他。

"但是如果钻石不见了，或者被换成了假货，那我们不就有足够证据证明他们本来打算私奔了吗？瑞塔·韦恩莱特如果打算自杀的话，肯定不会带上价值几千英镑的钻石跑掉的。"

克拉夫特思忖了一会儿。

"没错，先生，这听起来十分合理。当然了，除非她提前把钻石换成了现金。"

"我们最好现在就去那间卧室看看,医生,"H.M.对我说,"也就是说,能想想办法吗?"

"当然。"

终于,希望出现了。没人会比顺从的仆人更能明白,我当时的处境是多么尴尬而危险。克拉夫特并不是在开玩笑。他是认真的。如果他们打算就将这辆昂贵汽车沉在埃克斯穆尔的沼泽地里对我进行控告的话,那我真的看不出我能有什么办法。指控我这项罪名,就好比指控我抢银行、炸铁路一样,古怪到让人惊慌失措、语无伦次。无论如何,事态都十分严重。

当我们回到大宅的时候,我必须十分羞愧地承认,曾有那么一刻,我的眼里噙满了愤怒的泪水。

当日的护士格鲁弗太太站在旁边,对我们的进入表示抗议,于是我对她解释了一番。亚历克那时还在睡觉。房间十分昏暗,白色百叶窗映着家具的曲线阴影。

H.M.走过去,温柔地从亚历克的手里拿走了钥匙。

"拜托!"格鲁弗太太说。

她的声音很大,如同噪音般刺耳。潜伏在门口的费拉尔不肯进来,只是指着梳妆台。克拉夫特走过去,在护士的再次抗议下打开了一扇百叶窗。H.M.打开梳妆台的抽屉,拿起沉甸甸的象牙盒子,插入了那把刻着字、带着同心结的钥匙。

当他打开盒盖的时候,我们先是看到了盒缘镶嵌的钢边,然后是深蓝色的天鹅绒。里面是层层叠叠的收纳盒:长盒、圆盒、方盒、椭圆盒——全部都是深蓝色天鹅绒质地的,里面是白色的绸缎。H.M.把它们逐个放到梳妆台上的时候,我数了数,一共有十六个。其中只有一个放手镯的盒子是空的。其他的里面都是钻石。

"赝品!"H.M.低吼道,就好像这些闪耀的圆弧形石头组成了一堆令人愤怒的破铜烂铁。他迅速把这些盒子一个一个翻开,又抛在一边。"赝……"

可他停了下来。双手撑在梳妆台上,似乎在支撑自己那庞大的身躯。他拿起一个盒子——我记得里面是一个钻石吊坠——一瘸一拐地走到窗边去借光。

他在那里研究了半天,牢牢戴上眼镜,然后嘴角逐渐向下弯去。我记得他身后那灰蓝色的大海和在他两手中交替的闪烁亮光。他将它们逐件举到窗边,极度认真地审视了一番。当他终于完成的时候,如释重负一样闭上了双眼,他的面容好似扑克牌上的画像一样冷漠,简直像是木头做的。

"怎么样?"我说。

"有些误判。"他的声音平稳,"这些不是赝品,是真的钻石。"

床上的亚历克·韦恩莱特睁开了眼睛。尽管很难辨清他的表情,但我觉得他微笑了起来。

克拉夫特警长在我们身后轻声笑着。

第十六章

当我返回莱康姆的时候,莫莉·格兰杰和贝拉·苏利文正站在我家门前。

那是十分动人的一幕。莫莉比贝拉要高一点,也许她身上那汤姆称其为乳腺和臀部的区域发育得不怎么丰满。贝拉那细细的黑色眼线强调着她那双灰色的眼睛,她的嘴唇涂得深红,棕色的卷发似乎在发光。以上特质,莫莉无一具备。可即便我们这位客人是如此神采奕奕,我的赌注,依然并永远都会押给莫莉。

我并没有把车开进车库里,而是把它停在了门前,便下车走入了薄暮之中。莫莉先开口了。

"卢克医生,您到底去哪儿了?您看起来极度疲惫。"

"去韦恩莱特家了。我还好。"

"您已经连续两天错过晚饭了,您知道吗?汤姆都气疯了。"

"那就让他气疯吧,亲爱的。"

"您可真是位潇洒的家长。"贝拉抽着烟说,她的口红沾满了烟头,"您跟谁在一起?那个坐轮椅的胖家伙吧?我说我已婚的时候说我是骗子的那个人?"

"是的。还有克拉夫特警长和保罗·费拉尔。"

莫莉眯起了她蓝色的眼睛。"亨利爵士忙什么呢，卢克医生？"

"实话告诉你，他穿得像个古罗马元老一样。"

这两个女孩一起瞪着我，似乎慢慢领会到了什么。然后她们转向了彼此，同时说。

"尼禄大帝。"

"你们也听说他了？"

"我们也听说了？"贝拉重复道，"上帝啊！"她快速吸了口烟，然后把它从嘴边拿开，做起了激动的手势，"我们可听说了不少他的故事。"

"是哈利·皮尔斯，"莫莉解释道，"还有那个人，威利·约翰逊。"

"我正要说呢！"贝拉大声说道。

"约翰逊！他现在在哪儿？"

"他在小黑屋里呢。"

"什么小黑屋？"

"牢房，"贝拉没耐心地说，"他们把他抓起来了。"

"我其实并不感到意外。但是——"

"天哪，"贝拉说，"您真该看看发生了什么！我当时就这么站在门口和皮尔斯老兄说话。他来了大概六次。那时候，也就两点二十分左右，还不到开张的时间。"

"这位皮尔斯对我说，'女士，我希望这一区，不会再有我称之为恐怖统治的事发生了。'我抬起头的时候，看到有个人坐在自行车上骑得飞快，就像从地狱里刚冲出来的蝙蝠一样。天哪，可真是快！"

"皮尔斯的眼珠子都要掉出来了，他冲到路中间，使劲挥着胳膊喊道,'你离我家远一点,威利·约翰逊,离我家远远的。'我猜这肯定是吓到了自行车上的那个人。因为他立刻打了滑,然后干脆利落地摔了个四脚朝天,自行车又像从地狱里冲出来的蝙蝠一般,笔直冲向了皮尔斯的沙龙酒吧。"

"不会吧,又一次?"

"是的,又一次。"莫莉回答,"那简直是你能听说的最惨烈的车祸了,比昨天那场惨多了。"

"但这还不是最糟的,"贝拉向我保证道,"然后警察来了,所有人都聚了过来。于是他开始——我是说约翰逊开始——讲故事,我们隔着一条街都能听得清清楚楚。"

"关于尼禄大帝的故事吗?"

"没错。他说尼禄大帝昨天在贝克桥路接见了他,还给了他一张十先令的纸币。然后,因为他——我是说约翰逊——是个被谴责的罪人,他用这钱买了酒,所以今天尼禄大帝就开始坐在带翅膀的宝座上追捕他来了。当然了,他们刚弄明白,他有狂躁症,然后他们就把他关起来了。但是现在我就不确定了。"

莫莉对任何事都不太确定。

"神父也过来了,"她主动说道,"他本来要来林茂斯探望一位信徒。我问他能不能帮帮那个约翰逊,他的回答让我出乎意料。"

"为什么?"

"他说可以,"莫莉天真地回答道,"或者至少他会试试。"

"你们俩跟我一起去后花园吧,"我说,"我想跟你们谈谈。有新消息。"

她们一定是看出了事态的严重性。我甚至能猜到,莫莉肯定一直都在等待这一刻的来临。

"我们也有新消息要告诉您。"她说。

我们来到花园里苹果树下的柳藤椅边,我示意她们坐下,思考着该如何开口。

"你们还好吗?"

"噢,我很好。"贝拉面无表情。她把烟扔在地上,踩灭了。单单看她讲究的打扮的话,那精致裁剪的绿色连衣裙,棕色长筒袜和鞋子,让你完全无法将她和二十四小时前那个歇斯底里的女孩联系在一起。

"他们告诉我,"她继续说,"我得留下来,在明天的审讯上辨认巴里的尸体。我大概已经丢了在皮卡迪利的工作了,但是管他呢。我说服了莱顿一位人很好的银行经理帮我兑现一张支票,所以一切都好。"

"他们对你还好吗?"

"所有人都很好。"她对着莫莉微笑了一下,"男人们也都很有同情心。他们说我需要一些能让我分心的事,所以他们都试着要带我去约会。有个人想带我去岩石谷。另一个想带我去达特穆尔①,虽然我也不知道那是哪里。还有人说要带我去看悬崖上的洞穴。我还挺想坐船去看看那些洞穴的。"

"我亲爱的贝拉,"莫莉喊道,"那些洞穴在悬崖半山腰,除非是下午四点或者凌晨一点潮水涨得很高的时候,不然你是不可能靠近它们的。而且你一定无论如何也不能去!人们会说闲话的。"

"会吗?该死的。"

"我是认真的!"

---

①达特穆尔(Dartmoor),位于英格兰西南部德文郡的国家公园。

"话说回来,"贝拉说,"邀请我去的人正是你父亲,所以我一定会被照顾得很不错。"

莫莉惊讶极了,她肯定是在怀疑自己是不是听错了。

"我父亲?"

"是啊,没错。"贝拉又笑了,不过是同情的笑容,不带一丝嘲讽的痕迹,"宝贝,我的工作就是评估男人。他穿得就像个女爵身边的时髦侍奉一样,你难道还猜不到吗?可你也别误会我的意思!这副外表之下,他是个很不错的男人。如果他这把年纪了想扮演加拉哈德骑士①的话,又有什么不好呢?"

莫莉抱起了胳膊。你可以从她双臂的起伏中,看到她的呼吸幅度。那双蓝色的眼睛看向了别处。她短暂端详了贝拉一会儿,然后收回目光,再次盯着自己的鞋尖沉思起来。

"作为行家,你觉得,"她问道,"费拉尔先生怎么样?"

"保罗?他很不错,"贝拉迅速回答,"心地太细腻,总是忧心忡忡的,又觉得自己应该厌恶这一切。你应该听听他喝上个十杯八杯之后说的话。他会背情诗什么的。"

"我猜也是。"

"我也不是什么行家。"贝拉皱了皱鼻子,"我可能很会评估男人,可是一到给自己挑伴侣的时候,我就成了一个糟糕的失败者。"

我无法再躲避下去。

"苏利文太太。关于您已逝的丈夫……"

贝拉抬起了肩膀。"看在上帝的分儿上,医生,别这么说话。别叫他我'已逝的丈夫'。这让我起鸡皮疙瘩。听起来就好像是

---

① 加拉哈德骑士(Galahad),亚瑟王(Arthur Pendragon)传说中的一位圆桌骑士。

在读家谱一样。就叫他巴里吧。"

"但这正是问题所在,我亲爱的。他的名字不是巴里,他也不姓苏利文。明天的审讯上,你会听到他们对你劈头盖脸抛出这一切。所以最好还是让我先告诉你。"

尽管天空中依然残存着落日余晖,花园已经开始变暗。贝拉将头轻轻转向了另一边,并静止了下来。她的身体越来越僵硬,就好像在蓄势准备跑开。

"也就是说,最终,那个老家伙还是说中了一切。"她说。

"如你所说,那个老家伙总能做出正确的判断。告诉我,你今天的感受还是像昨天一样吗?经历过种种之后,你已经不再爱你的丈夫了吗?"

"我该走了。"莫莉边说边站了起来。

"不,别走!"贝拉激烈地喊道。她转过身,向莫莉伸出她的左手,莫莉握了上去。于是她们便如此,在那渲染着黄昏色彩的花园中,一个披灰、一个着绿,一个坐着、一个站着。

"我所说的一切,"贝拉继续说,"还有我的所有想法,都是光明正大的,不怕大声喊出来让任何人听到。你别走!"

"好吧,贝拉。"

"至于对那个蠢货的爱,"贝拉对我说,"我昨天说的都仍然有效,并且我的想法更强烈了。当然了,我对他的死感到遗憾。但是至于爱他这件事……我是说,我的感觉是如此强烈,以至于让我想要把枕头塞在嘴里尖叫……"贝拉看了看莫莉,"你是大家眼里的乖乖女,宝贝。你不会明白的。"

"也许是不会。"莫莉赞同道。她的眼睛似乎在充满好奇地看着贝拉。

"你可以放心了,医生,"贝拉坚定地说,"你眼前的这位小妞才不会穿丧服呢。我不会为情所困,我无牵无挂,而且我才二十八岁。"

我忍不住松了一口气。

"您丈夫的真名是雅各布·麦克纳特。他本打算和韦恩莱特太太私奔的。他们计划乘坐这周会停靠在戈尔维的'华盛顿号'邮轮。"

"我就知道!"贝拉喊道,过了一会儿,她睁开了眼睛,将右手狠狠地甩在自己的膝盖上,"我不是告诉过你了吗?他才没胆量去自杀呢。"过了一会儿,她说,"麦克纳特太太。噢,我的天啊。"她大笑起来。

"很明显,你从来没见过他的护照或者他的外国人登记证吧。如果你们不出国旅行的话,你也的确见不到。"

"但是等等!"

"怎么了,苏利文太太?"

贝拉抬起一只手遮住眼睛。

"我记得那艘船,我们还聊过。巴里说,'亲爱的甜心,我想带你去美国,离开这一切,可是我们没那个钱。'那我猜,他的情人很有钱咯。但是她是英国人,又没和巴里结婚,她怎么能坐上那艘船出国呢?"

"她弄到了一个假身份的护照。有专业人士给过私人建议……"

"行李!"莫莉轻声呼叫道,可是她的情绪是如此强烈,我们俩都看向了她。

"卢克医生,您说的这一切,"莫莉宣称道,"丝毫都不让我感到惊讶。我说过,我有消息要告诉你。全村都知道了。今早有个渔夫从渔网里拉了一件重物上来,后来发现是一个行李箱——

一个灰色皮质的行李箱——装满了女人的衣服。我还没见到实物,但我觉得我能猜到这个箱子是谁的。"

(那件丢失的行李。我强烈地希望,这个消息可以迅速传到克拉夫特那里,但他对他自己的那套理论坚信不疑,一定很难说服他。)

"他们是在哪儿找到的,莫莉?"

"我没听说具体的地方。但大概是离韦恩莱特大宅半英里远的地方。"

"半英里?"

"但是等一等!"贝拉重复道。她像个寺庙舞姬一样做了一个复杂的手势,把手从莫莉手里抽出来,"我还是不明白这个女人是怎么做的。她难道不需要出示自己的出生证明吗?"

"是的。她只用了一份来自加拿大的出生证明原件,声称自己从未结过婚。但是帮她写推荐信的专业人士必须要保证事实的准确性,以防之后被查。"

"谁为她写了推荐信?"

这是个难点。

"这个嘛,亲爱的,他们现在都声称是我写的。"

两个女孩一起瞪着我。

"你看,这之间有一点关联。威利·约翰逊并不是唯一一个可能要被关在你们口中所谓的牢房的人,我就是下一位候选人。"

"卢克医生,你在笑呢!"莫莉喊道,"我一个字也不信!"

"这,我亲爱的,就是那些小说家笔下所谓的苦笑。除非今晚有奇迹发生,不然明早的审讯一定很精彩,有的吵了。我想提前警告你一下。"

"吵?为什么?"

"亨利·梅里维尔爵士和我都坚持认为他们俩是在逃走的路上被谋杀的。但我们手里一张能证明这个事实的牌都没有。

"而克拉夫特,恰恰相反,胜券在握。他认为他们是在逃跑的路上改了主意,并且用他们并没有带走唯一能够换钱的东西——珠宝,作为支持他这一想法的证据。他声称他们是自杀的,目前还没有能打破这一论断的证据。然后他又声称,是我,为了消除瑞塔身上他浪漫地称之为'自杀的污名'才偷了那把枪,并且处理掉了那辆车。"

莫莉"噌"地站了起来。

"但您没有啊,卢克医生。难道不是吗?"

"你也质疑我吗,莫莉?我当然没有了。"我随即为她们列了我掌握的事实依据。

"那么,"贝拉狂躁地点了一根烟,用夸张的手势把它从身前扫过,说,"他们不会认为你就是星期日晚上差点把我淹死在沼泽地里的那个人吧?"

"没错。"

"我长这么大从来没听过这么荒唐的事,"我们的"迷你维纳斯"大喊道,"为什么会这样,你诚心诚意、掏心掏肺地眼珠都快哭掉了!我都听见了!"

"很不幸,苏利文太太,人到了我这把年纪,就会越来越直接,不总是能掩饰好情绪。他们今天指责我的时候,我气得发疯,眼泪差点滚下来,还有……"

贝拉的表情逐渐凝重。

"你一定要让我去做那该死的证人,"她如此宣称道,好像证人席是什么她们不熟悉的淫荡事,"我要好好教育教育他们,让他们长长见识。"

"是的,亲爱的,这正是我担心的地方。我想要提醒你:在验尸官面前一定要注意你的说话方式。他是苏格兰长老教会① 教友,莫莉父亲的朋友,你应该扮演的角色是一个受了打击的寡妇。别给自己找不必要的麻烦。"

莫莉脸红了。

"但你打算怎么做呢,卢克医生?"

"我打算实话实说。如果他们不接受的话,苏利文太太或许可以提出一套他们能接受的理论。"

"卢克医生,你不能这样做!他们会以伪证罪控告你的,毫无疑问!其实又有什么关系呢?这件事难道还不够糟糕吗?你为什么就不能根据克拉夫特警长的建议说呢?"莫莉急得走来走去,"贝拉,你不同意吗?"

"噢,去他的,我对说谎这件事没意见,"贝拉粗鲁地回应道,"我自己就谎话连篇,还乐在其中。不。让我最气愤的是,竟然要克罗利医生这样一位好人站起来宣称他把一个女孩丢在了沼泽地里,并且没伸出一根手指去救。"

就像我之前说的那样,莫莉的确继承了不少她父亲的务实精神。

"可是你难道不明白吗?"她强调道,并紧紧握着拳头,"他不必说是他把车开进沼泽里去的。我承认这样很不好,因为那辆车很贵——至少我是这么听说的——他还得去找个替代品。他们证明不了他沉了那辆车。但是他们现在可以证明他是唯一一个有可能把枪拿走了的人。就让他去承认这一点,这样就能导向一个协定自杀的结论,克拉夫特也就满意了。"

---

① 苏格兰长老教会(Scotch Presbyterian),长老教会是基督新教的三大流派之一,产生于十六世纪的瑞士宗教改革运动。

贝拉显然被这份关于车的见解深深打动了。

"没错,"她承认道,一边沉思,一边气鼓鼓地使劲抽着香烟。"看!"她过了一会儿说,"我有个主意。"

"怎么?"

"我要是说我看见了那个沉车的人并不是克罗利医生的话,怎么样?"

莫莉想了想。

"那你会说那人是谁?"

"这个嘛,假设我就说是一个戴着圆礼帽的矮小男人或者一个长了络腮胡的男人,或者其他什么。没有具体的形容,但又足够能证明不是他。我是个受了惊的寡妇。他们肯定会相信我的。"

"可能吧。"莫莉忧心忡忡地点了点头,"可能。"

尽管泛泛而论是件很危险的事,但这可不是我人生中第一次观察到,在真相不那么尽如人意的时候,任何女人都是绝对不会说出真相的。这样做的出发点并不是恶意的。对女性来说,这只是没那么重要。真相是相对而言的,真相是流动的,真相可以根据情绪需求而衡量,就像阿道夫·希特勒做的那样。

"我很感激你们俩的这番好意。但是这行不通的,你们明白吗?"

"不明白。"贝拉说。

"瑞塔·韦恩莱特是被谋杀的。被故意而狡猾地谋杀的。我会找出这个凶手并且将他绳之以法,如果我下半辈子都待在……待在……"

"牢房?"

"牢房或者监狱。是的。你难道对你丈夫没有相同的感觉吗?"

这将她的思绪拉回来了一些。

"当然,我希望那个家伙被抓住。别误会我了!但是不巧,我丈夫是那么一个低贱而谎话连篇的……"贝拉哽住了,愤怒的泪水在她眼中汇集,"非要说的话,他们俩都不是什么好东西。看到你这样去为那个女人挺身而出,让我很难受,仅此而已。"

"我依然觉得,卢克医生,您这样做很不明智,"莫莉露出了她那温柔而迷人的微笑,坚持道,"我们又不是要让您做什么不正当的事。不然您也跟我父亲聊聊吧。他马上就过来了。"

我感到心力交瘁,甚至没有转过身去看一眼。

史蒂夫·格兰杰来到苹果树下,加入了我们的谈话,他身着时髦却又不至于太引人注目的蓝色的双排扣西装外套,一如既往地穿戴整洁。他庄重而不失殷勤地碰了碰自己的帽子向贝拉致意,贝拉迅速而令人有些反感地扭捏起来。他语气友好地对莫莉说:"我亲爱的,恐怕你们大黑了还坐在这里会着凉。还有,你母亲找你。你最好赶紧回去。"

"但你必须要和卢克医生谈一谈!"

"和卢克医生谈一谈?为什么?"

"他想在明天的审讯上告诉他们瑞塔·韦恩莱特是被谋杀的。他们不会相信他的。就算这是真的,又怎样呢?"

史蒂夫看了看我。

"我们必须要说出真相,莫莉,"他告诉她,语气严肃,却也有些心不在焉,"说出真相是唯一合理、清醒、谨慎的权宜之计。我难道没告诉过你吗?"

"这……"

"难道没有吗?"

"是的,你总是这么说。"

史蒂夫目光尖锐地看着她,但没有追问下去。他将了将自己纤细的胡子,语气冷漠却带着秩序井然的幽默感对我说道:"但我们必须要先了解真相到底如何,而不是我们觉得它如何。您怎么看,卢克先生?"

"史蒂夫,"我记得我攥紧了自己的手,翻过来,看着那远比它本来的大小要肿胀笨拙得多的关节说,"如果我明天会在权力机关那里遇到什么麻烦的话——目前看来很有这个可能——那么现在最好先集齐所有我能收集到的信息。"

他的眼神充满疑问。

"在权力机关那里遇到什么麻烦是怎么一回事?"

"一言难尽。莫莉会告诉你的。与此同时,就像我说的那样,我想要了解到关于瑞塔·韦恩莱特尽可能多的信息。你能否告诉我一件我十分想知道的事?"

"当然了,如果这不牵扯任何机密的话。"

莫莉再次坐下,而史蒂夫也违背了自己定下的在这潮湿空气里待久了会着凉的规矩,用手扶住他的座椅把手。他小心而僵硬,全神贯注地坐了下来。我继续看着自己的双手,一边看着那些讨厌的粗大关节和笨重的手指,一边在日出来临前拼命搜寻着能打开这扇大门的钥匙。

"好吧,"我开口了,耸起肩膀,试图让大脑活跃起来,"你能否告诉我,你和瑞塔最初争吵的原因是什么?我是指,她是请你帮她做什么不道德的事吗?"

第十七章

史蒂夫笑了起来。声音温馨而令人愉快,这笑声打破了平静。

"卢克,老家伙!你不会觉得那跟这件事有关吧?"

"不。但是——举个例子,她有没有请你为她写一封护照申请用的推荐信?"

史蒂夫看起来惊呆了,这毫不令人意外。

"不,当然没有。而且,这有什么不道德的?"

"我的意思是,以她婚前的姓名,玛格瑞塔·杜莱恩的名义。"

莫莉插话了。

"但这也说不通啊,卢克医生,"她反对道,"你难道不记得吗?她和我父亲早在她遇见巴里·苏利文之前就已经发生争吵了。我记得尤为清楚,因为那天是宣战日。巴里和我在外面碰到了你还有韦恩莱特一家……"

回忆翻涌而来。

"我当时犹豫着要不要把巴里介绍给他们,我知道他们因为某些事吵架了。瑞塔不可能那个时候就已经在计划申请假护照了。"

我真傻。的确如此,我也在这份证词里如是写过。可困境之中的我,不得不试图去抓住每一根飘在空中的救命稻草。史蒂夫在我向他解释的时候被逗笑了,尽管讲到这个故事的结尾时,他又重新严肃了起来。他不断地捋着自己的胡子,抚摸着自己憔悴的脸颊。与此同时,花园里的夜色渐渐深了。

"我必须要拒绝,"他移动着他那僵硬的下巴小心翼翼一字一句地说,"让你这位老朋友,如你原本打算的那样去做证这一提议。记住:我昨天已经警告过你了。"

"得了吧,史蒂夫,难道不是有人想要瑞塔得到她应有的报应吗?"

史蒂夫用一根手指轻轻敲击他的左手手掌。

"如果这一切是真的,我是说如果,我认为那个女人确实得到了她应有的报应。(记好了,莫莉。)她蓄意抛弃自己的丈夫,她颠覆了家庭和家庭生活的根基,理应为她的所作所为受到惩罚。"

"史蒂夫,我们俩都不是小孩子了,就算是为了孩子们着想,也不要再说这些没用的话了。你无法靠说教改变人类的本性,要是行得通,牧师们早在十几个世纪之前就让所有人都向善了。"

"但事实仍是如此,"他反驳道,"她逃避了自己的责任,破坏了一个原本正常的家庭。就连约翰逊都承认了——"

"对了,约翰逊怎么样了?"莫莉打断道。

尽管被打断的史蒂夫有些气恼,但他没有发火。

"约翰逊越来越清醒了,而且他后悔极了。他说他愿意原谅所有人,原谅一切。"史蒂夫轻声说,不依不饶,"他说他甚至可以原谅韦恩莱特教授,因为他声称韦恩莱特教授从他那里偷了一个碾轧机。他打算在日出前离开,并且被罚款十先令。我没什么能帮他的。"

"别管约翰逊了。平心而论,你是否相信他们俩死于协定自杀?"

史蒂夫心平气和地说:"我的孩子,重要的是,证据如何。他们能证明这是自杀。从法律上来说——"

"去他的法律!"

"哦,不。永远别这么说。这很蠢。重点在于:那两个人没把钻石带走。所以他们并没想逃走。"

"那渔夫们发现的那个行李箱又做何解释?那个装了女人衣物的行李箱?"

"是瑞塔的吗?这是重点。"史蒂夫回答,"也是唯一的关键。如果他们不能证明衣服是瑞塔的,它们可能属于任何人。还有,"他在昏暗中试着检查着自己的指甲,"如果瑞塔本来打算私奔,去建立新的生活的话,她就会很小心地去避免自己的任何物品上带有'R.W.'[①]的字样,或者任何形式与她有关的标记。它们将会是谁都认不出归属的全新衣物。所以,我几乎可以确认,永远也无法证明这些衣服是属于她的。"

我用手扶着自己的脑袋……

"我一直在说'瑞塔,'"史蒂夫补充说,"当然了,我是说'韦恩莱特太太'。"

"可你还是不想说出你们俩吵架的原因吗?"

史蒂夫犹豫了。

"这……这应该是保密的,不能说。但也许已经无所谓了。实际上,她问我能不能帮她卖些钻石。我拒绝了,然后跟她吵了两句。"

[①] R.W.,女主人公 Rita Wainright 姓名首字母缩写。

"你为什么拒绝?"

昏暗中,史蒂夫的声音平添了几分怒意。

"原因之一,我不是开当铺的;原因之二,如此来源的钻石,法律上是认定为夫妻共同财产的,就像共同账户一样。我告诉她,如果我也收到了韦恩莱特教授的授意的话,我可以去谈这笔买卖。很遗憾,她立马发了火,并且禁止我跟他提起这件事。所以,理所应当地……"

史蒂夫抬了抬他那穿着制作精良外套的肩膀。

"但那是在她遇到苏利文之前?"

"远在那之前。我想韦恩莱特先生肯定是故意不给她足够的零花钱。"史蒂夫拍了拍膝盖,起身,转向莫莉,似乎是在示意对话的结束,并为以上内容添上一个强调符,"我们该走了,这位小姐。我只想警告你一句,卢克:明天上庭时不要说什么草率的话。"

于是我们沿着那条高高的飞燕草丛中的小道走了回去,两侧有漆白的鹅卵石勾勒出路径,即便在黑暗中也能辨清。贝拉和我一起向后门走去,她突然跑到了我前面。尽管莫莉和史蒂夫早早出发走在了前面,莫莉还是独自掉头回来又说了最后几句话。

灯火管制的时间还没到,一道光猛烈地从没挂窗帘的洗碗间照了过来。房间里是正在准备晚餐的哈苹太太。借着从窗户射来的这道光,我得以清楚地看到莫莉。她那双蓝色眼睛,像贝拉的眼睛一样闪闪发光,还有她那藏在半张的嘴唇后的一口皓齿。

"卢克医生,您刚才说到了人的本性。"

"是的?"

"如果本性告诉你该去做某些事,可你所受的所有教育都告诉你不要那么去做的话,你还会去做吗?"

"那件事会让你在往后的日子里承受道德上的煎熬吗?"

"不会!"

"那,我觉得,就去做吧。"

"谢谢。我相信我会的。"莫莉说完就跑走了。

那天的晚餐吃得我筋疲力尽。我没有对汤姆泄露一丝我第二天的计划,因为他知道了一定会跟我大吵一架。不仅如此,我还因为接连错过下午茶,被好好教育了一番。我嘱咐贝拉什么也别说。

我很以这孩子为荣,我不知道自己是否传达到位了这份心意,因为这话很难说出口,即便是付诸笔端都显得有些欠缺格调。但他现在承载的重担远远大于五个人的工作量,他简直是在做十个人的工作。念及此,我也教育了他一番。可是,汤姆对在埃尔姆黑尔发生的那桩没有致命的碳酸投毒案兴趣盎然。他坚信贝拉对这事件很入迷,于是花了十几分钟向贝拉描述来龙去脉,我被晾在一旁,兀自出神。

"首先要做的,"我记得他一边为自己盛起一块牛排腰子馅饼,一边说道,"是要用温水洗胃。"

"噢,汤姆!"

"是的。向里面加一点硫酸镁——或者你喜欢的话,也可以用糖渍青柠——"

"个人来说,大男孩,"贝拉说,"我更喜欢糖渍青柠。但请别让这影响你了,请继续。"

"如此,酚便会结合并生成一种无害的醚硫酸盐,来……看着,你这只小猪,我肯定你对这些东西一无所知。"

"这话说得可真幽默!快用那个盐罐堵上你的嘴。"

(可无论如何,贝拉还是看着我。)

如何才能证明瑞塔和苏利文是被谋杀的?到底怎么才能在明天早上十点来临之前证明这件事?

"看,长官,你什么都没吃啊!"

"我不饿,汤姆。"

"但你必须吃点东西!你又不是在减肥或者坐牢,干吗吃得那么少。"

"别说了,汤姆!"

如何证明?如何?如何?如何?

"我想,如果你不介意的话,我就不留下来吃甜点了。不好意思。"

我起身离开餐桌。关上餐厅门时偷瞄了他们一眼:已经在桌子上方悬挂了三十多年的那顶马赛克琉璃圆顶灯下,是汤姆那双被雀斑包围的大而空洞的眼睛、贝拉富有光泽的鬈发和刚涂的红指甲。

哈苹太太从厨房出来劝我,我回话的语气中带着些怒气。我去了起居室。待了一会儿,打开了新闻播报,听到了一条令人惆怅的通告,于是关了它。这让我想到了正躺在"休憩之地"的亚历克。

之后,我关掉门廊的灯,打开正门向外看了看。明亮的月光洒在漆黑的村庄上,映得窗户闪闪发光。马路对面,有欢快的吵闹声微弱地从"教练与骏马"传来。有人正沿路夜行,脚步发出了空洞的嗒嗒声,还有吹着《彩虹之上》旋律的口哨声。那个夏天,我们都在用口哨吹着《彩虹之上》的旋律,尽管那或许是有史以来最为惨烈的一个夏天。

我注意到那辆被我扔在路边的汽车,但我完全没心思去把它停好。我不想要任何人的陪伴,也受不了任何人的陪伴。我上楼回到卧室,关门,开灯。

房间里满是我熟悉的东西,比如那把旧莫里斯安乐椅,还有放在床头的汤姆的母亲劳拉的照片。汤姆和贝拉在楼下打开了广播,该死的英国广播公司电台正在放着《如果你是这世上最后一个女孩》。

书架上都是我熟悉的书,但我今晚一本都没碰。我脱了衣服,换上睡衣、拖鞋和浴袍。

"卢克·克罗利,"我脑海中有声音传来,"这都是胡来,令人难以忍受,必须要做些什么。"

"是吗?那我该怎么做呢?"

"你要想办法解决,"那个声音说,"从你眼前的证据开始,那两个人是如何像肥皂泡一样在悬崖边凭空消失的,又是如何被谋杀的。"

"如果亨利·梅里维尔爵士都说他没办法的话,那我有解决的可能吗?"

"你能不能不重要,"那声音说,"但这个问题必须要解决。现在从那些已经确定的事实开始下手吧……"

我在莫里斯安乐椅上坐下,装上属于我每日独处时刻的烟斗,吸了起来。烟斗吸完,我又将它再次填满并点燃。这让我感觉到一丝内疚,但与此同时,也有一种令人兴奋的自由和"全力以赴"的感觉。

十一点多的时候,汤姆上楼就寝。我一阵紧张,生怕他发现从我房间飘出的过量烟雾,但他只是在门外说了晚安就走了。几分钟过后,贝拉敲了敲我的房门,手里端着一个垫着托碟的热气腾腾的杯子。

"看，医生。"她举了举手中的杯碟，"我给你做了杯热阿华田。你能向我保证在睡前把它喝了吗？"

"当然，如果非这样不可的话。"

"没错，"贝拉坚持说，"但你能保证在它变凉之前喝掉吗？你说会的，但你真的会吗？"

"我保证。"

她走过来，把杯子放在椅子旁的小桌子上。

"看，医生。"那张涂着深红色口红的嘴巴扭曲着，"今天下午，我心里满是纠结和气愤，但这一点用都没有。目前的一切情况都对你不利。为什么就不能放弃呢？明天就说那些他们让你说的。"

"请去睡觉吧。"

"老实说，这可能是你面对这个圈套仅有的机会——"

"去睡觉吧，拜托！"

"好吧，老家伙。顺便说一句，关于我们的朋友，莫莉·格兰杰。"

"她怎么了？"

"我猜你肯定也注意到了，她对保罗·费拉尔的那种盲目、疯狂而狂野的迷恋？"

"我何止是注意到了，好了，去睡吧。"

贝拉充满好奇地看着我。"好吧，我希望她的恋爱比我的幸运。晚安。"

我挥手送别，可她恋恋不舍，似乎还有话要说。毫无疑问，她才是那个需要被安慰的人，但此刻的我自私得无可救药，除了抱怨做不了别的。她走后，我开始后悔，但那时做什么都为时已晚。

还有，就像你可以想象到的那样，阿华田被我放凉了。我又点了一支烟斗，像放电影一样在我脑海中播放所有证据，夜深了，一片寂静，只有指针走动的声音。

从大宅开始，到那条引向"爱人之跃"的微光小路，我任凭思绪游走在这个村庄的道路、山谷、悬崖、瀑布和洞穴中，直到埃克斯穆尔和贝克桥路：与事实和那些人有关的记忆残片回到了那栋大宅。我想到那些拨弄着人心绪的脚印，闭上眼睛，让它们重现在那个风雨交加的凄惨夜晚，还有那个精彩的下午。我想到了亚历克，瑞塔，苏利文，费拉尔，莫莉，史蒂夫，约翰逊，贝拉……

即便我已经对星期日晚在"休憩之地"发生的诸多事做过解释，但还是有不少在下午 H.M. 对事件的重构中未被提及的细节。有不少事实依然是令人困惑而无意义的。

比如那根被剪断的电话线和被放光了汽油的车。凶手为什么要这么做？

这一定是整个事件计划的一部分，除非这些都是约翰逊所为。H.M. 自己昨天也态度强硬地如此断言。无法证明，一无所获。这也根本不可能防止这桩犯罪被发现。如果是局外人偷偷溜进来剪断了电话线，又把它放回盒子里的话，这样做的风险可不小。能通过切断大宅与外界的通信而阻隔警察到来的情况只有——

房间外的走廊里，十二点的钟声敲响。

我不得不小心翼翼地将烟斗放在了玻璃烟灰缸上，因为我的手在颤抖。

我看懂了整件事的来龙去脉。

第十八章

　　一旦你抓住了最为核心的线索,就会发现事情简单得可怕。

　　我在烟雾缭绕的房间里起身,能感觉到自己的心跳,但那并不是心血管疾病的预告:如果你能感觉到自己的心脏猛烈跳动,那么几乎每一次,问题的根源都在胃部。

　　我知道该从哪里着手了。除非凶手极度谨慎,我很可能在今晚就为自己正名。但今晚就去的话,是明智的吗?或者说,是可能的吗?

　　如果家里有任何一个人发现我偷偷溜出去的话,汤姆肯定要对我至少说教两个星期。可是为什么不呢?如何才能无声地发动汽车,是我悄无声息偷偷溜走的最大难点。但我的车并没有停在车库里,它就停在门口。高街是一个大坡,我可以沿着它滑下去,然后掉头再开回来。

　　在我匆忙穿好衣服的时候,保罗·费拉尔的脸出现在我眼前,我回想起费拉尔的话,他说他完全能想象卢克医生半夜出门去做些蠢事。显然,他们比我更加了解我自己。但我必须这么做。

　　我穿戴整齐,除了鞋子,往口袋里装手电筒的时候,我注意到了桌上那杯被遗忘的阿华田。它已经凉透了,但我答应过贝拉要喝掉它。我一口灌下了大半杯，打开灯，开了门。

并没有人听到我下楼的声音。而且我知晓这座房子里每一块会吱嘎作响的地板，这是多年前，我出夜诊回来，为了不弄醒劳拉而习得的。黑漆漆的长廊上，钟表在吱嘎作响。我拎着鞋、踮着脚下楼，只弄响了地板一次。走到大门的时候，我忽然想起另外一件事。

证人。

我必须要为我想要证明的事找一位证人，不然的话，他们可能不会相信我发现的一切。于是我又踮着脚回到问诊室，轻轻拉开门。没必要开灯。问诊室九步就能走到头。对面墙边的书架上放着牛皮卷轴和一个骷髅头骨。沿着书架笔直走四步便是书桌和椅子。我在椅子上坐下，把手伸向电话。

我拨通了费拉尔在瑞德农场的电话。

电话响了很久，令人昏昏欲睡。我几乎能听到远在埃克斯穆尔的那幽灵般的电话铃声嗡嗡作响，在黑暗中不停振动。有人接起了电话。

"啊哈？三更半夜把人吵醒，你这该死的到底想干吗？"

"是你吗，亨利爵士？"

一阵漫长的停顿。

"抱歉打扰您，但这件事很重要，除此之外没有其他选择了。我找到了。"

那个声音变尖锐了："找到什么了？"

"谜底。我知道是怎么回事了。"

又是一阵停顿。

"好吧……现在，"这个声音说道，"我想过，你可能也知道了。"

"你是说你也知道了?"(他似乎在奇怪地闪烁其词。)"那么听着,你能来主路和贝克桥路交界的转角处见我吗?"

"现在吗?"

"对,现在。明天可能就晚了。我知道这对你可能是种强求,但我们或许能找到证据。亨利爵士,我知道凶手是在哪里行凶的了。"

还有另一件奇怪的事。当时周围暗极了,我根本看不清电话。这份黑暗莫名其妙地像棉絮一般包围着我,填满我的思绪,甚至模糊了电话那头的声音。

"孩子,我不能!"那从远方到来的声音咕哝道,"我这受伤的脚趾今天已经走了一天了。"

"让费拉尔开车送你。"

"费拉尔不在。"

"不在?十二点半了不在?他去哪儿了?"

"我不知道。但他出去了,而且是开车出去的。"

"那就坐着你的轮椅来!想办法!无论如何都要来!"我用狂躁而焦急的语气对着听筒小声说道,可我的声音对我自己来说却是那么遥远。棉絮变得更厚了,我的头皮有微弱的刺痛感,延伸到耳鼓,"我本不该请求你的,可这能阻止一次不公的审判!你会来吗?"

"我是个疯子,没错,我是。好吧。主路和贝克桥路的交叉口。几点?"

"越快越好!"

我挂了电话准备起身的时候,发生了两件事。

一道笔直的光微弱地出现在我面前的墙上。我身后的门被缓慢打开,有人打开了走廊上的灯。随着门的开启,那道黄色微光照射的范围逐渐变大，铺展开来。某人的影子投射在我面前置有头骨的书架依靠的那面墙上。对我而言，这一幕如同幻觉——我总能形容出令人眩晕的幻觉——那个影子的头部恰好与我对面的头骨重合，并将它覆盖。

贝拉·苏利文的声音小声说："怎么了，医生？你要做什么？"

然后，在我要站起来的时候，晕眩感如大浪般涌了上来，一阵天旋地转。只有一小会儿，但刹那间，我双脚摇晃，差点倒下去。

"安静点！"我记得自己如此说道。

我抓住了桌前那把椅子的椅背，它轻轻地"嘎吱"响了一声，晕眩感席卷而过，在我脑中留下了棉絮般软绵绵的感觉，我口干舌燥。

"怎么了，医生？你穿戴得这么整齐是要做什么？"

她穿着一套汤姆的蓝白条纹睡衣，尽管袖口和裤脚都被卷起了几厘米，那身衣服还是太过宽大，遮盖着她小小的身体。她还穿着一双属于我的拖鞋。我记得她身形的剪影，那道微弱的光轻轻触着地上老旧的棕色油地毡。

"我要出去，"我小声回答，"必须要去。"

"为什么？"

"别管为什么。还有，请别太大声。"

"医生，您不能出去！"那低语声几乎是在哭泣，"我是说——您喝掉那杯阿华田了吗？"

"是的。"

"那里面加了点东西。"贝拉说。

这就是暗示的力量，话语纯粹的力量，那有着闪亮棕色鬈发的剪影似乎如水波般荡漾。

"汤姆给我的,但我觉得你可能比我更需要。所以我把它放在阿华田里了,想让你睡个好觉。你现在本该像个婴儿一样熟睡的。"

我摸了摸自己的脉搏,毫无疑问,它在变缓。

"是什么,"我说,"有多少?"

"我不知道!是个红色的胶囊。"

"一个胶囊吗?"

"是的。"

大概是西可巴比妥①。我紧紧地握着椅背,然后站直。

人类或许有可能在有限范围内,用自己的意志去抵抗安眠药的作用。在我们曾经收治过的几位有恐觉症或者无法入睡的歇斯底里症患者身上,都能证明这一点。还有,我几分钟前才服下药物,它要在很久之后才会完全发挥药效,降低我的思考能力,将我拽入旋涡。但它还是让我很难受,那是一种身体上的憎恶,或许是不甘快要到手的胜利被这么夺走。

"我还是要出去。"

"医生,我不会让你去的!"

我的表情一定是吓了她一跳,她退了回去。我从她身边经过的时候,安慰地拍了拍她的肩膀,膝盖颤抖着,走路也轻飘飘的,但大脑还是十分清醒的。我走到门口,低头穿鞋,又是一阵猛烈的晕眩感。然后我溜了出去。

夜晚的空气凉爽怡人。我上了车,让车沿着反方向的下坡滑行了一会儿,直到与我家拉开了一些距离,我才发动马达。我掉

---

① 西可巴比妥,又称"速可眠",一种安眠药。

头,重新上坡,开过深夜里高街两旁黑漆漆的小屋后,我把油门加到了让我再也不想重来一次的速度。

除此之外,我认识凶手。想到我们那么容易就被都认识而且喜欢的人骗过,这让我感到一阵恶心。但事实就是如此。

月亮又圆又亮,月光皎洁,人们叫这为"轰炸机之月"①。我在颠簸地绕过夏尔橡的大弯的时候,开始感到有"不真实"的感觉漫上我的身体:一种飞跃时间和空间,与月亮和藩篱独处的感觉。我以大概每小时七十英里的速度飞驰,经过了一辆看起来隐约有些熟悉的汽车。与我做伴的只有……

小心!

一棵树突然出现在我眼前。我感觉到车猛然颠簸摇晃起来,远远传来刺耳的刹车声。然后我回到了路上,再次飞翔起来。

黑暗弥漫。

意识游离。

稳住。

前方就是贝克桥路的入口,向右转。我停下车。

H.M.不在。这个时间他肯定赶不过来,但我想的不是这个。我从车里爬出来,某种神秘力量鼓励和支持着我,让我感觉自己似乎在飘浮,那种感觉愉悦极了,除了头皮和指尖感觉有微微的刺痛。

我像个醉汉一样自言自语。大脑里闪过的所有念头都要从嘴里念出来。H.M.不在这里。我不能等了,我不能等了。

"无所谓,"我记得自己这样大声说道,似乎猛烈地想给某位隐形听众留下深刻的印象,"完全无所谓!他会跟上我的。"

---

① 轰炸机之月,此形容源起于二战期间,指月光明亮到使轰炸机驾驶者得以看清楚目标的满月。

我从来没想到他是完全不可能跟上我的。我对他说:"来主路和贝克桥路交界的转角处见我。"他肯定以为我的意思是在画室见——那个曾有许多恐怖和令人愤怒的事件发生的地方。

但我去的根本不是那里。

我没有向左转,而是拐向了右边,向着大海的方向,穿过了马路。主路和与之平行的悬崖之间有一块广阔的被废弃的土地,遍布土坡和小丘陵,风将稀疏的灌木吹得里倒歪斜。我记得自己在蹒跚越过山丘的时候大声祈祷着——像一个十七世纪的牧师那样——希望在我抵达那通向"海盗之穴"的隧道前,我的意识和理智不会消失,不会被卷入黑暗之中或枯竭殆尽。

不同于人们通常认为的是,位于我们村庄海岸线上的洞穴中从来都没有藏匿过什么走私者,只有南德文郡或者康沃尔①才会有那种情况出现。十八世纪和十九世纪时,来自法国的走私者若是抵达了北德文区,可是件十分令人为难的事。那些像蜂巢般长在悬崖上的洞穴都是自然形成的。它们都被赋予了优美的名字:暗黑灯笼洞,炼狱,风之穴,海盗之穴。

那个叫作"海盗之穴"的洞穴是我唯一的目的地。

从它位于陆地上的入口进入后,是一个通往地下大概四十英尺深处的下坡隧道。它的另一个入口在悬崖上,距其下方的岩石有至少三十英尺的距离。这个洞穴距离韦恩莱特家的大宅足足有半英里远。

我回头匆忙地看了一眼身后那被月光照亮的废墟,我停在远处的车,还有主路和贝克桥路。然后我开始向下走。

起初,一切都像噩梦一般。你必须要爬到一个似乎是山丘一

---

①康沃尔(Cornwall),英格兰西南部一郡名。

侧的地方，转个身，然后走下政府部门为游人准备的三级木台阶。我带着我的小手电筒，但它的光似乎有些弱。

这个入口离悬崖边缘大概一百英尺远。走到木台阶的底部，你便可以走进隧道，但别忘了，要一直低着头。

要低头走的这段路糟透了，我大脑中满是不断翻涌的暗流。我一度十分沮丧。但我没有气得摔了那个手电筒，而且我那双在山洞中磕碰出瘀青而阵痛的双手帮我保持清醒和稳定。隧道中的空气尽管带有一些泥土的味道，但还是十分新鲜。地面的坡度让人只得踉跄地顺着沙子向下滑，但你还是能用一只手扶住潮湿的墙面来支撑自己。

一阵带着咸味的强风从黑暗中涌出，吹过我的脸。我甚至能听到那微弱的瀑布声。那时一定是将近一点了——悬崖正面的海水涨得很高。

又走了十步，我终于来到了"海盗之穴"。

向着海面的那个入口像一扇有蓝白色月光洒入的拱门，洞口弯曲，并不平整。外面阴沉的暗色海水反射着来自我手电筒的光。这里极其阴冷潮湿。这个"海盗之穴"的形状大致是个圆，十五英尺宽、十英尺高，有上面沾满水珠的肋状中空墙壁。墙上有一块形状像一个海盗和十字骨图案的岩石，那也正是它名字的来源。

手电筒的光越来越弱。我随处照了照，什么也没看见。

什么也没有。

水波声在不规则的墙面上空洞地回响，那块骷髅和十字骨状的岩石上被画出了形形色色名字的首字母；我沾满沙粒的脚下是烛油遍布、凹凸不平的石头地面——除此之外，什么都没有。

"可这里肯定有些什么！"有个声音大喊道，回声传回耳中，我脑子里一阵嗡嗡声,"一定有些什么!"

我撑不了多久了。尽管我很早就知道。那骷髅十字骨的形状在我眼里开始变得模糊,手电筒发出的光也越来越弱。我只看到墙上的棱纹间插着的一根残烛,它躲开了从外面长驱直入的风。

我试着点燃那根蜡烛,擦了五根火柴,它终于燃烧起来。火焰在我模糊的双眼里变成了好几簇,并缓缓围着彼此转动。骷髅和十字骨的图案变得更加生动清晰,或者说,变成了真正的死亡之脸。

"那把自动手枪,"那个声音在我脑海里不停重复,"开枪时,弹壳会被射向右上方。那把自动手枪开枪时,弹壳会被射向右上方。"

我把手电筒放回口袋,大声尖叫着,希望能如此集中自己的注意力,再撑五分钟,然后开始像一只失明的甲壳虫一样摸索墙壁。墙面高低起伏,凸起、凹陷、裂缝,似乎无穷无尽。

可能性似乎只有百分之一。我的手指笨拙地摸索着,触碰着,戳弄着。我终于触到那个小小的金属物件,它来自一把零点三二英寸口径的自动手枪,如今被夹在一个石缝里,我的触碰使它滚了出去。我猛烈地踉跄着追了上去,"扫荡"一番裂缝后,终于得手。

我像保护一只刚捉到的昆虫一样用两只手护着它。我跌跌撞撞地从墙边撤退,闭上一只眼,努力用我混乱的大脑控制稳定着另一只眼,看了看它。

一个零点三二口径子弹的黄铜弹壳。

但这还不是全部。我隐约记得手指扫过了另一种质地的物体表面,某个瞬间,手指曾是另一种感觉,这让我回到了墙边。过了一会儿，我拽出了像海草一样缠绕着的两件东西，那是两件我梦寐以求想要找到、却从未指望真能找到的东西。它们被狠狠地塞进了缝隙里。一定是出于罪恶感。我明智地将弹壳放在马甲口袋里。一手拿着一件新发现的东西，然后磕磕绊绊地走开了。

两件泳衣。

准确地说，是一条带有金属扣白色腰带的深蓝色男士泳裤和一件浅绿色女士泳衣，大半个莱康姆的人都能认出这件泳衣。两件泳衣都脏兮兮的，颜色变得很深，还是潮湿的。

"我们找到了，H.M.！"我大声说，"我们找到那个恶魔凶手了，我非常确定。"

有人在我背后的隧道里开了一枪。

当时我并没有辨认出那是一声枪响。可任何有过枪火经历的人都一定能认出那可怕的、如金属质地鞭子的抽打，或者如钢琴琴弦断裂般、子弹掉落在岩石上被反弹的可怕声音。

回响在山洞中炸裂，骷髅形状的墙上出现了一个小凹痕。有人又开了一枪，蜡烛灭了。

我猜我应该为此感到庆幸。但我已不记得当时是否有任何思绪或者任何感觉。我将那两件泳衣死死抵在胸前，像是保护我最为珍贵的财物般紧紧抱着它们。我在凹凸不平的地上向前走了两步，然后摔倒了。

这里暗极了，只有月光在洞穴朝向海面的入口倾泻。海水不断冲撞拍打着岩石，呈现略泛灰的黑色，一直冲刷到洞口向下大概两三英尺的位置。

终于，旋涡将我吞噬，我用两只手抓紧自己的脑袋，努力维持意识。我试着翻滚，但那坑洼的地面又滑又湿。黑暗世界在转动，我拼尽全力、集中精力。终于，我翻了个身，从口袋里拿出手电筒。尽管我那样无助——就像流光最后一滴血的人一样无助——我还是用尽最后一丝力气按下手电筒的按钮。

它的光芒就像汽车大灯一样让我眩晕，那道光疯狂摇晃着，直到我将它聚焦于隧道入口。

有人站在那里。

第十九章

首先出现在我眼前的，是一把旧莫里斯安乐椅，蕾丝窗帘和它边缘的阳光。

睁开眼之后，我没能认出那把椅子，甚至没认出我那间能俯瞰整个后花园的卧室。我感觉焕然一新，精力充沛，心平气和。我身下的床软得像天鹅绒。然后我看到了亨利·梅里维尔爵士，他正向下看。

"早上好，医生。"他只轻松地说了这么一句。

我努力撑起一只手肘，试图坐起来的时候，H.M.拽了一把椅子到床边，神情畏缩地坐了下来。他拿了一根手杖，并双手交叠支在上面，吸了吸鼻子。

"你真是睡了长长的一觉啊，"他继续说，"这对你有好处。贝拉·苏利文在你的阿华田里倒的西可巴比妥其实帮了你一个大忙，她自己可能都意想不到。"

记忆在这时完全出现在我的脑海之中。

"噢！先别起来！"H.M.警告道，"先舒服地坐一会儿，等他们为你端食物来。"

"我是怎么到这里的？"

"我带你过来的，孩子。"

"这已经是'明天'早上了,不是吗?审讯!审讯几点开始?"

"噢,孩子!"H.M.语气阴沉,"审讯几小时前就已经结束了。"

窗户都是敞开的,这个空间开放而平静。我能听到隔壁养鸡场里母鸡咯咯叫的声音。我用一只手肘撑着身体想,不知上帝是否能赐我一点运气,别让我做的一切都以最后一滴苦涩终结。

"我们的朋友,克拉夫特,"H.M.继续说,"说你由于身体原因没能去做证其实是件好事。你要是去了的话,反而会陷入麻烦之中。你跟我一样明白这个道理。"

"审讯的结论如何?"

"他们在进行协定自杀时失去了理智。"

我在床上坐起来,用枕头垫在身后。

"亨利爵士,我昨晚穿的衣服呢?"

他移动着脑袋,眼睛却一直在我身上。

"挂在那边的椅子上。为什么问这个?"

"你看看我马甲右下方的口袋里装的东西,就知道是为什么了。"

"所有口袋都空无一物,医生,"H.M.回答道,"我们已经看过了。"

门外传来轻轻的敲门声,莫莉·格兰杰探进头来。她穿着一条居家围裙,看起来光彩照人。她身后是一脸焦虑的贝拉·苏利文。

"医生,"莫莉问,"准备好吃早餐了吗?"

"啊哈,"H.M.说,"最好给他端过来。"

莫莉安静地端详了我一会儿,她的手放在唇上。

"你之前带给我们不少惊吓，"她终于开口，"但我觉得都比不上这次。无论如何，我还是先收起这番大道理，一会儿再说。"

她离开了房间，紧紧把门关上。这时的我陷入一种无助挫败的状态中，诸事不顺，以至于我反而能够平静地面对一切。

"好吧，克拉夫特赢了。"我说，"他得到了他需要的判决，不用再对我们宣扬他的想法了。这真遗憾，因为我知道整件事真实的来龙去脉和克拉夫特的解释并不一样。"

H.M.拿出一根雪茄，用手指将它翻了过来。

"你那么确定你知道它是如何发生的吗，孩子？"

"昨晚凌晨一点钟的时候，我本能证明的。可现在……"

"大部分案件的结尾，"H.M.边低声说，边点了根火柴，手扫过他的裤脚，点燃了那根令人讨厌的雪茄，"都是由老人家坐下来向蠢蛋们解释他们逃走的方法。但这次，让我们掉转一下流程。"

"掉转一下流程？"

"你，"H.M.说，"来告诉我。你是否也知道谁是凶手？"

"是的。"

"那好吧……医生。如果马斯特斯这家伙大发雷霆来挑战我的话，我可以先试一试。但我们可以交换一下情报。凶手是我们怀疑已久的人吗？"

一张脸清晰地浮现在我眼前。

"绝对不是我第一眼就会怀疑的人，"我告诉他，"但他依然是个杀人恶魔。我不知道我们是怎样被这位我们都了解和喜欢的人骗过的。"

又有人轻轻敲门。这次进来的是保罗·费拉尔。

"很高兴又看到你健康的样子了，卢克医生，"他说。这是我第一次见他打领带,"莫莉说你醒了。你要是愿意的话,我们都很想听听昨天晚上在你身上到底发生了什么。"

H.M.眨着眼环视着。

"坐吧,孩子,"他用僵硬的语气请费拉尔坐下,"克罗利医生正要告诉我们凶手到底是谁,以及整件事如何被完成的。"

费拉尔的手放在领带上,定格了一瞬间。他皱了皱额头,用一种怀疑的眼神看向H.M.。而后者只是拿着雪茄做了个简单的手势。费拉尔拽过我的莫里斯安乐椅,坐在了上面。那个盛过阿华田的空杯子和我的烟斗就在他身旁。费拉尔面容整洁,胡子修得干干净净,微笑着,在我讲话的时候目不转睛地看着我。

"昨晚我坐在这里,反复在脑海里回想了所有的证据。它们在我面前展开,排列清晰,就好像我在法庭上展示证据一样。但我却什么都拼凑不出来。直到我记起了那根被剪断的电话线和被放光了汽油的车。是谁干的,为何要这么做?"

H.M.从嘴里拿出了雪茄。

"然后呢?"他催促着。

我闭上眼睛,让那幅画面再次在我脑海里生动浮现,然后继续说道。

"星期六晚上,刚开始下雨的时候,巴里·苏利文提到他要把那些淋着雨的沙滩椅收起来。他让瑞塔和我先回了大宅,自己留下来收拾。但他并没有把沙滩椅收回去。昨天去'休憩之地'的时候,我看到它们依然在草地上。可另一方面,苏利文确实是去做了某件事。因为他回到房子里的时候,用手帕擦了擦手。我几乎可以肯定,他就是在那时放掉了车里的汽油。"

费拉尔坐直了。

"苏利文,"他问道,"他干的?"

"没错。就像他和瑞塔剪了电话线一样。他们为何要这么做呢？因为这样，亚历克·韦恩莱特和我就必须要走到莱康姆或者更远的地方去联系警察。

"亚历克和我都走得很慢。我走得慢的原因显而易见，而亚历克走得慢是因为他的关节僵硬。我们俩都不能在两小时内完成这四英里的路程。到达莱康姆的时候，我们本该打电话给警局，然后警察便可以收拾东西向"休憩之地"出发。可出于各种各样的原因——包括亚历克的晕厥和我的延迟——他们直到凌晨一点左右才赶过去。"

H.M.继续僵硬地抽烟。

费拉尔的眉头困惑地皱着。

"但我还是要提出那条我提了多次的反对意见，"他反对道，"拖住你们的步伐并不能阻止警察到那里。"

"不能，"我升高了语调，"但这会阻挡警察在涨潮前到达。"

这次我没听到莫莉·格兰杰进门的声音。

这就是狂热般专注的功效。看到莫莉，我有些惊讶，她端着早餐托盘站在我旁边。贝拉在她身后。我机械地端过托盘放到膝盖上，虽然这是我人生中最不想吃东西的时刻。

明显两位女孩都听到了之前我说的话。她们没有离开卧室，而是安静地站在那里，一言不发。

"星期六晚上九点半，我去向'爱人之跃'，发现那两人显然已经跳崖时，潮汐已经改变。那时潮水正在上升。当亚历克问警察会不会去搜寻悬崖脚下的时候，我向他指出了这点。

"那么，潮水涨到最高点时，海水最高会上涨多少？"我看了看H.M.，"你知道的，亨利爵士，因为我们星期一开车去画室的时候，克拉夫特自己也提过，"我看了看贝拉，"你也知道，女士,因为莫莉在你说到要去水边的洞穴参观的时候也提到过,潮水最高的时候会上涨三十英尺。

"的确,悬崖一共七十英尺高。但对于两个游泳和潜水专家来说——我们知道瑞塔·韦恩莱特和巴里·苏利文正是这样的人,在潮水涨高的时候,或者接近那个时间点的任何时刻,纵身跳下都不是什么难事。"

卧室里一片寂静。

费拉尔张了张嘴,又合上了。H.M.继续抽烟。贝拉死死盯着窗外。坐在床脚的莫莉向这无尽的寂静中投出了一个单音节。

"但……"

"让我们回到,"我说,"我九点半经历的那场冒险。发现他们显然已经跳下了悬崖后,我十分惊讶和难过。不管是亚历克还是我都非常惊诧难过;这也是我们被选中作为目击者的原因。

"就像我告诉过亨利爵士的那样,那时我实在是太过于难过了,以至于根本无法去注意到其他的事。我只在那个阴雨密布的夜晚,借着手电筒的光看到了一些脚印。我不是什么犯罪学家。但我的确观察到了一些东西。"实际上,我认真到把它们记载在了这份手记里,"关于那些脚印,其中一串脚步十分稳健,另一串则落在后面,步伐缓慢,脚步之间的距离很短。

"但昨天当我们在日光下再次看到它们的时候,亨利爵士观察到了不少东西。这些脚印的重心落在脚尖上,就像人很着急或者半走半跑时一样。两套脚印的间隔都很平均,一步一步,肩并着肩。"

"这就唤醒了我潜意识中的记忆。

"这整个密谋围绕着一个重点。那就是要让所有人都觉得,我在九点半看到的那串脚印与警察在一点钟时检测的脚印是同一串。"

沉默再次来临。

莫莉·格兰杰甚至没心思指出我的吐司、咖啡和培根都要变凉了。她坐在床脚下，一只手抚着胸口，睁大了眼睛。看起来几乎有些鬼鬼祟祟的。

"谜题书！"她喊道。

随着大家惊讶地将头转向她的方向，她开始解释起来。

"我向卢克医生提过，我们或许能从我家的一本谜题书里得到一些帮助。那本书里，有两个人跳下了悬崖。其中一人穿着自己的鞋走到悬崖边，然后换上另一个人的鞋，倒着走了回来。瑞塔和巴里·苏利文没准就是这么做的，因为悬崖上有那么一片杂草能让他们换鞋。但亨利爵士说这说不通……"

她的眼神偏向亨利爵士的方向，他依旧在吞云吐雾，面无表情。

"是的，"我说，"这就是他们制造第一串脚印的方法。这串脚印仅仅是为了骗过我。当然了，他们知道这肯定骗不过警察。"

费拉尔突然在椅子中坐直了身体，缓缓将手背移到眼前，仿佛在测试自己的视力。我能看到他脖子上的喉结在抽搐。

"第一串脚印或许是完成得不错，"他说，"但他们到底是如何该死地制造了第二串脚印的？"

这就是我最难原谅瑞塔的地方。但请允许我，一次又一次地重复，她的本意是善良的。

"他们两个人大概就在附近等了一会儿，直到我出来看那串假脚印。他们需要确保有人出来，并让后门保持敞开。而我就是那个合理的人选。那时，亚历克已经喝得半醉，但一定要有一个警察会信任的、清醒的目击证人。

"我看到了那些脚印,相信了他们。回到房子里,感到——十分难过。但不必介意。"

"你依然还能为那个女人说好话吗?"贝拉·苏利文几乎是在尖叫。

莫莉看起来有些惊讶,我让他们保持安静。

"然后他们轻松穿过一片空地,来到一个众人皆知的叫'海盗之穴'的洞穴。他们在'海盗之穴'里藏了行李箱:一切准备就绪。他们在那里脱下日常的衣服,换上泳衣,然后返回来。那座大宅四英里内杳无人烟,所以他们只要避开主路,就肯定不会被任何人看见。最后,他们两个穿着鞋。

"他们等了一会儿,等潮水涨高。后院的土几乎任何时候都像沙子一样松软,而且那晚被雨水浸润后,它变得更加潮湿了。所以他们再次通过那条小路走向'爱人之跃',这次,他们面前推着……我需要解释吗?他们面前推着的是什么?"

莫莉·格兰杰把手放在额头上

"碾轧机。"她深吸一口气。

然后,无边的寂静再次包围了我们。窗外阳光照射的范围不断扩大,光线越来越强。现在待在这厚到令人发疯的被子下,真是热到令人发狂。

"同一台,"莫莉强调道,"和威利·约翰逊声称韦恩莱特先生偷走的碾轧机是同一台。"

我承认。

"亨利爵士,"我说,"昨天就注意到了这整片土地都保持着平整,十分平整。当然,这意味着它被碾轧过:尽管我蠢到从来没有考虑过这一点。

"所以他们俩沿着小路走了下去。一台重达四百多磅的碾轧机可以轻而易举碾平毁掉第一串假脚印。他们只需要跟在它后面留下无须加工的真实脚印。现在我们就知道脚印的前脚掌为何看起来更加用力——他们没有在跑，而是在推。我们也明白了为什么两人脚步之间的距离是完全一致的——因为他们必须要这样作业。

"碾轧机不会留下任何痕迹，因为小路由鹅卵石勾勒出了轮廓。碾轧机大概四英尺宽。现在我想起来了：星期一，我们在贝克桥路遇到醉醺醺的约翰逊的时候，他这么告诉过我们，只是他说的是'长'，而不是'宽'。如我们所知，那条小路四英尺宽。他们只需要保证辗轧机不越过鹅卵石即可，这样的话碾轧机就不会碰到鹅卵石，导致它们陷入泥土里。"

"可是他们能看清吗？"费拉尔质问道，喉咙用力发出声音，"在天黑之后？"

"很简单。那时候天空中的阴云已经退散，就像我星期一告诉过莫莉的那样。如果你能记起的话，那些鹅卵石被漆得雪白——这是我们在灯火管制时用来指引方向的颜色。克拉夫特也曾兴冲冲地指出过它们在黑暗中有多醒目。"

依然盯着窗外的贝拉点了一根烟。阳光一定遮挡了她的视线。她恶狠狠地说。

"我想知道是谁导演的这出好戏？"贝拉说，"巴里还是那个情妇？"

莫莉不顾这句话，做了一个尖锐的手势。

"然后呢？"她催促道。

现在我要进入丑陋的那部分了。

"我亲爱的，操作细节很简单。他们到达'爱人之跃'的边缘后，便推下了碾轧机。克拉夫特自己也承认了他没有去看看悬崖底部。

"他们用最方便的方式潜到或者跳到海水深处。他们要做的仅仅是沿着悬崖的边线游，直到抵达悬崖正面引向'海盗之穴'的洞口。涨潮时，水位几乎和洞口的边缘持平。如果他们到得太早，可以留下一根绳子挂在那里。

"如果他们不确定是否找准了地方，也很简单。他们可以留下一根点燃的蜡烛——我就在那里找到了一根，昨晚——在那样一个不受气流影响的壁龛里，蜡烛的光会让水面微微闪光，却又不至于投射太多光到海面上。

"他们爬进'海盗之穴'，脱下泳衣，再穿好衣服。很简单。却如魔法般奏效，没人会去怀疑。再过几分钟他们便能上路了，带着行李箱去往那间老画室以及苏利文的汽车停的地方。他们只是没有料想到一件事——我是说凶手。"

那幅情景曾十分普通——阳光明媚的星期三，养鸡场咯咯咯的鸡叫声——可如今又荒诞得反常。三张面孔——莫莉的，贝拉的和费拉尔的——转向我。我啜饮了一口温热的咖啡，但手在不停抖，只好把杯子放下。

我一直在想那个洞穴，星期六晚上的"海盗之穴"。壁龛中微弱燃烧着的蜡烛。更衣的苏利文和瑞塔，内疚而匆忙，因即将离家远走高飞而哭泣着的瑞塔。然后，有人从隧道的陆地入口悄悄进入洞穴，一张苍白而扭曲的脸，在他们抬手前近距离向他们的身体开了枪。

"就是这样。"贝拉声音十分嘶哑地说。

她在肥皂碟里拧灭了烟。她咳出的一团烟雾在床边绕着圈。

之后——我在自己的思绪中惘然若失——这本该十分简单。把尸体推入海里就好了，然后将行李箱也扔下去。如验尸官所说的那样,他们下落的过程中没有受太多创伤,这并不是因为他们从高处下落的时候已经死了,而是因为他们根本就没从高处下落。是不断带着那两具尸体撞向岩石的水流使他们遭受重创到无法辨认的地步。"

我抬起手放到眼睛上。

"你是说,"贝拉继续道,"你知道是谁害了巴里和那个情妇的?"

"我想是的。"

你能听到莫莉·格兰杰伴着呼吸吹出的口哨,她看起来几乎快要喘不上气了。此刻的她半站着,一只膝盖跪在床上。

"不是——在这里的某位吧?"莫莉问。

"还会是谁呢,我亲爱的。"

喉咙里的一阵抽动使我无法保持安静。

"这取决于你如何定义'这里',莫莉。"

"那么?"费拉尔逼问道,"这一击已经十分接近了。我们洗耳恭听。那么,是谁杀了他们?"

我拿掉遮着双眼的手。

"原谅我,费拉尔先生,"我说,"但我觉得是你。"

暂停。

我恨这个男人,我不能自已地恨他。要是能演戏的话,或者会赢得一些赞美,但在这件事里,我们已经演了太多次。

从他的外表来看,你几乎可以想象他被吓到怎样失魂落魄的地步。费拉尔非常缓慢地从我的莫里斯安乐椅中站起。额头上落下一绺金发,像希特勒一样。

"我?"他大喊道,指着自己的胸口做着精致而夸张的动作,"我?"他喘着粗气,"看在魔鬼的分儿上,为什么?"

至于我，我自己的状态也不算太好。我打翻了咖啡杯，贝拉不得不把托盘拿走。

"为什么？"费拉尔不断叫嚷道。

"你和瑞塔的关系好到……"我说，"能够捕捉她那或许除了苏利文外从未有人注意到过的神情，去为她作画。你懂我的意思吗？"

费拉尔吞了吞口水。他凶狠的目光闪向像被钉在地板上一样站着的莫莉。

"我知道你的意思，是的。我——我画下的是我眼里的她。诱人的，或者——类似的感觉。但这并不一定能说明什么。"

"你从来不是什么禁欲的隐士，除了这一点之外。费拉尔先生，你就住在埃克斯穆尔，你很清楚哪里才是弄沉一辆车的绝佳位置。还有星期日晚上苏利文太太从沼泽里跳出那辆车时，你的体贴对待。你早就认识苏利文太太并且很喜欢她。但还有另一件事。"

"上帝啊，"费拉尔喊道，用手抚过自己的额头，"这番话在那个女孩面前说出来，真是好极了，那才是我真的……"

"星期一傍晚，我们把苏利文太太从旧画室里带出来的时候，你见到她说，'贝拉伦弗！'但不止如此。你用手在车的侧面狠拍了一下。"

"嗯？是又怎么样？"

"苏利文太太那时刚刚告诉我们，凶手，也就是那个愤怒的男人，那个前一晚开车带她进入沼泽的人，前一晚是如何在画室不停踱步并拍打那辆帕卡德汽车的。我的意思是，费拉尔先生，这也就是在她看到你的时候转身盲目向画室跑去的原因。尽管她当时没有，现在也没有，真正认出你就是那个人。"

贝拉的眼神缓慢地环视着。

费拉尔像是又要打向什么东西般举起一只手。却只是瞪了它一会儿，然后从身体一侧放下。

"不管你做什么，"他祈求道，"都别对着我发疯。我受不了。这件事太过严肃。你有什么证据支持这堆废话吗？"

"很不幸，你已经注意到了。"

"我注意到了？怎么说？"

"如果我能留下昨晚在'海盗之穴'找到的那颗用掉的弹壳和那两件泳衣的话，我也许能向克拉夫特警长好好展示一番。我现在能给他看什么呢？我想也许我该感激你没对我开枪，但感激并不是我对杀死瑞塔·韦恩莱特的男人抱有的情绪。拿走枪的是你，不是吗？"

费拉尔向前走了一步。

"等一下，"他尖锐地说道，"你说昨晚，昨晚什么时候？"

"准确地说，是凌晨一点。如果你记得的话，你十二点半开车离开了家。"

一直用一条腿跪在床上的莫莉现在已经站好。压抑已久的愤怒、怀疑、困惑，或许还有嫉妒，顷刻间以不同程度同时出现在她脸上。短短几秒钟内，她呈现的情绪比我认识她这么久以来见过的都要多。于是我为他们讲出了整个故事。

"但凌晨一点时，保罗根本不可能在'海盗之穴'附近！"莫莉大喊，"他……"

"等一等，孩子。"一个平静的声音插话道。

我们竟然完全忘记了亨利·梅里维尔爵士，能忽略他几乎可以算是一项了不起的成就了。这整个波澜起伏的过程中，他一言未发。他坐在离床几英尺远的地方，一双大手交叠放在拐杖上。

雪茄已经烧到离他的嘴只有四分之一英寸处。他眯着眼睛,低头看了看它是否依然在燃烧,发现它已经灭了,他把雪茄从嘴里拿出来,扔到了烟灰缸里。

然后他打了个喷嚏,站了起来。

"你知道,医生,"他发言道,"我要祝贺你。"

"谢谢。"

"真是很不错的重构,"H.M.提出,"真的很不错!这十分干脆,简单,并经过了细致的思考。那两串脚印,碾轧机,所谓的奇迹根本就不是什么奇迹。我很喜欢。但很遗憾,某种程度上来说——"他用他的大手揉了揉那光秃秃的头,然后跃过眼镜向下看,"很遗憾,这里面一句真相都没有。"

与其说费拉尔是向椅子坐了下去,不如说他是一屁股摔在了上面。

这种事自然是不会发生在本就坐在床上的我身上。但我终于明白,当你那自以为秩序井然的宇宙灰飞烟灭时,那种感觉比战争带来的冲击还要糟糕。

"你看,"他带着歉意继续说道,"我自己也想了想。咋晚我派了不少人穿着橡胶靴在潮水还低的时候去探索了一番悬崖脚下,没发现任何碾轧机。"

"但它肯定在那里!可能它……"

"被拖走了?噢,我的孩子。那可是四百磅的铁啊,在棱角分明还不断有水灌进来的岩石上能做到吗?"

我努力试着去立稳我的解释。

H.M.搓了搓鼻子的一边,怒目而视费拉尔。

"还有一件事,医生。一定要万分小心地讲述这个故事,尤其是你已经把那位老兄卷进来的情况下。无论如何,昨晚,他的不在场证据就像那台碾轧机一样铁证如山。"

贝拉疯狂地环视着四周。

"我们都疯了吗？"她问道，"我发誓，医生的这番话绝对是对这件事要害的沉重一击。它听起来十分正确，每个字都正确。一切环环相扣，没什么好质疑的。如果事实不是如此，那么看在上帝的分儿上，这一切到底是怎么发生的？"

H.M.一动不动地端详了她许久。然后这张脸上的表情又兀自恢复了茫然。他的声音听起来困顿、疲惫而苍老。

"我不知道，"他说，"似乎我们又要重来一遍了，坐下来好好思考。"

说到这里，他又搓了搓鼻子。

"但我想，"他补充道，"他们把我这个老家伙打败了。你或许也听说了，伦敦的人们都说我不行了，我过时了，像老化石一样，还说我不知道到底该怎么处理事情。我想他们是对的。无论如何，再见了。我要去对面的'教练与骏马'，把自己浸在一品脱啤酒里。"

"但是！"我冲他喊道，"如果你说是你找到了我的话，你又是如何知道我当时在洞穴里的？"

他站在走廊里，犹豫了一下，但并没有转过身，也没有答复。他倚在手杖上，脚步笨重地走向大厅。后来哈苹太太说，他经过她的时候满脸怒容，凶煞而邪恶，吓得她扔掉了手上的鸡毛掸子，还差点尖叫出声。我只能说我听到了他离开的脚步，缓慢而沉重地——以及，我觉得，有些盲目地——走下楼梯，走向大门。

后记及尾声

卢克·克罗利医生的手记到此为止。事情并没有像作者原本预计的那样收场，但这本手记依然可以被看作是一个单独的整体。

克罗利医生死于布里斯托遭受的第一场大轰炸的夜晚：也就是一九四〇年十一月二十五日。他死时的境遇十分能体现他这个人的特质。他是在一座熊熊燃烧的建筑里为别人进行紧急手术时去世的。从城堡路到佳酿街，他来来回回连续七个小时跋涉在那片炼狱中，完全将自己的生死置之度外。

我无意去讨论这个故事里的讽刺之处。但我必须要提及，这本手记是为了证明瑞塔·韦恩莱特和巴里·苏利文没有自杀，他们是被谋杀的——就像他斗争到底的那样。

因此，他最终未能知晓杀害那两人的真凶身份，实属幸事，他一直以来以如此的耐心而坚定地追寻的那位凶手，正是他的儿子汤姆。

保罗·费拉尔

第二十章

这起事件差不多是一九四一年快到二月初时,那个寒冷而雾蒙蒙的夜晚,在我那位于埃克斯穆尔瑞德农场的画室结束的。

莫莉和我——七月起,莫莉便成了费拉尔太太——在鹅卵石堆起的壁炉里生了一团大火。那个壁炉大到能开进一辆小汽车。燃烧的木柴上升腾着红黄相间的火焰,照亮屋子上方的棕色椽子以及那被遮光帘遮住的玻璃房顶。

莫莉盘腿坐在壁炉前一块颜色明亮的纳瓦霍地毯[①]上。我坐在她对面,抽着国产的传统混合烟草。坐在铺着软垫的长椅上面对火焰的,是那位年迈的大师——H.M.,他周末从伦敦赶来,为我们揭开真相。

真相带来的惊诧久久未散。

"汤姆!"莫莉喊道,"汤姆!汤姆!汤姆!"

"那么,"我说,"卢克医生对事件的重构果然是正确的?那正是这起谋杀发生的方式。只是……"

H.M.将卢克医生的手记放在他的膝盖上。他拿起来翻了翻,笔记细致用心,正如你刚刚读到的这份印刷版一样。

[①] 纳瓦霍地毯,源自美国西南部印第安纳瓦霍(Navajo)土著部落的编制地毯,样式通常为夸张的几何图案。

"你看，"H.M.将手记放在软垫上，继续道，"全都在这里了。当时对这一切都一无所知的卢克医生自己也说过，离某人站得越近，反而越看不清。诚然，这个道理适用于亚历克·韦恩莱特，却也更适用于他自己的儿子汤姆。"

"这本手记最有趣的地方在于他描写他儿子的方式。认真研读一下就会发现，在他的手记里到处都是汤姆的痕迹。我们听到了他说过的话，知晓了他做过的事。我们自以为已经对他的本性有了一个十分全面的认知。但事实却根本不是老医生想的那样。

"你看，卢克医生从未想过汤姆竟然是故事中的角色之一。汤姆只是在那里，如同一件人见人爱的家具，只因所有细节都必须被囊括而被提及。他从不留意汤姆，也从不理解汤姆，或者从不觉得有去理解他的必要。

"我们第一眼看到汤姆时，他正狠狠地扣上药箱，粗暴地讲着大道理，怪这两个愚蠢的人就那么轻率地将自己卷入了一场关于婚外恋的闲言碎语中。我们最后一眼看到汤姆时，他'眼神空洞'地坐在餐厅的圆顶灯下，在崩溃的边缘心力交瘁。老医生将这归结于过度工作的结果，并唠叨了他两句。

"他做梦也从未想到，与他住在同一个屋檐下的男人是如此强硬且极度压抑，他是如此疯狂地爱着瑞塔·韦恩莱特，以至于让自己走向了癫狂，在知晓他们即将私奔的时候杀掉瑞塔和她的男友。还有，如果你仔细观察就可以看到，整件事完全是不可避免地走向悲惨的境地。"

H.M.轻轻敲了敲手记。

"但你是否知道，"他有些抱歉地补充道，"这个道理其实很好理解，甚至可以说是简单得可怕。我觉得，要是让我写手记去记录我自己的家人的话,我的描写方式恐怕会和老医生一模一样。"

尽管壁炉里的木柴燃烧到几乎要爆炸的地步,向外喷着火星,可莫莉还是在发抖。

"到底是什么,"她问,"让你想到是汤姆?"

"噢,我的小姑娘!你难道看不出来吗?早在星期二下午,汤姆·克罗利就已经是这整个可恶的案件中的唯一的嫌疑人了。那就是结局盖棺定论的时刻,"H.M.冲我眨了眨眼,"你看出来了吗,孩子?"

"没有,我发誓我没看出来!"

"但我的意思是,"莫莉坚持道,"你是怎么开始怀疑他的?"

"这个嘛,我的小姑娘,"H.M.说,透过眼镜片看了看她,"我以为是你干的。"

"我干的?"

"没错。星期一,克拉夫特、卢克医生和我来见你和你父亲之后,我们从主路开车离开。克拉夫特问我对你怎么看。我说我觉得你不错……"

"谢谢,先生。"

"但我基本不信任这些说自己对男女之情完全不感兴趣的少女们。这通常意味着事实恰恰相反。"

"去你的!该死!"

莫莉的脸气得红扑扑的,像是纳瓦霍地毯上的某个部分。尽管在卢克医生的手记里,我就有爱冷嘲热讽的美誉——这至今仍然让我不快——我还是允许自己轻轻咧嘴笑了一下。但莫莉走了过来,坐在我的膝盖上,我当着外人的面亲吻了她,通常这对费拉尔太太来说,是一种求欢的信号。

"拜托你们别再亲热了！"H.M.咆哮道，壁炉中喷出一股浓烟，"就是这让那个可怜的恶魔陷入这一切的。"

"对不起，"莫莉说，"继续吧。"

"好吧，我想起了那个为我治疗脚趾的小伙子，汤姆·克罗利。很久之前，曾有人在你我面前滔滔不绝地讲述他是如何拿女人没办法。他自称是个真正的修道士，的确是这样的。女人是富有侵略性的，女人是这样的，女人是那样的。你可千万别忘了他是单身汉。我早就在想他是不是太言过其实了。

"毕竟，他是瑞塔·韦恩莱特的医生。如果卢克医生拒绝的话，总得有人为她写护照推荐信。比方说，瑞塔为何在五月二十二日那天，愁容满面又气势汹汹地来找卢克医生，说她想要安眠药，但其实是想要说服他为她写封推荐信呢？为什么？他自己也问过她为什么不去找汤姆。她对此没能给出什么有分量的回答。那是否因为：如果她不当面向卢克提出请求的话，她就要去找汤姆？如果是这样的话……

"哦，我的天！

"画面开始拼凑在一起了。你看。我很早就觉得卢克医生在事发当晚与亚历克·韦恩莱特的那段对话有些不对劲。"

"瑞塔在卢克医生的办公室里向他发誓，她从未对她的丈夫有过任何不忠。她对此的态度简直太过天真甜美。而卢克医生把这些告诉了亚历克·韦恩莱特。亚历克大笑了起来。'但同时，'亚历克说，'我也明白她不告诉我的原因。'对于那个困惑的医生来说，这句话或许毫无意义；可对我这多疑的肮脏心思来说，这可意义重大。汤姆和瑞塔如果是一对情人呢？

"然后，星期二早上，我们发现有个问题无法得到解释，这个问题从一开始就像火一样烧灼着我，困扰着我。"

H.M. 在此突然停了下来。

他的表情一阵恍惚，怅然若失，就好像脑海里正有什么东西翻江倒海。他似乎在自言自语，吐出像是道歉一样的字句。他将手伸向外套内的口袋，拿出一个信封，开始用铅笔头在上面写字。

他的声音幽灵般空洞，好像在咀嚼品鉴那些字句。

"罗斯伯里①，罗芬特，"他说。他的头歪向一边，去仔细研究他所写下的一切，"嗯。罗克斯伯②？罗伊斯顿③？鲁吉利④？住在鲁吉利的投毒者帕尔默。啊哈。"

我们盯着他。

莫莉礼节周到，没有做出任何评价，可我着实受了惊。H.M. 若有所思地将信封放回口袋，吸了吸鼻子。

"那个从一开始就让我感到困扰的地方，"他带着凶恶的怒容辩解道，"就是这个。这个凶手——不管是谁，不管他是怎么做的——完成了一项完美的犯罪。首先，尸体被冲到了海里，有很大概率再也不会被发现；第二，即便它们被发现了，只要没人捡到那把枪，这个事实也不怎么会被改变。

"那么为什么，为什么，为什么这个蠢货要把这把零点三二英寸的自动手枪扔到公共主路上呢？这让我头疼得要命。不管从哪个角度来看，这都说不通。唯一合理的解释可能就是他本不想扔掉这把枪，却不得不扔掉。换句话说，他把它弄丢了。

"星期二早上，克拉夫特和我去卢克医生家见贝拉·苏利文，那个女孩刚在那里度过了她的第一晚。我们想询问她一些关于巴

---

①罗斯伯里（Rothbury），位于英格兰北部诺森伯兰郡（Northumberland）的小镇。
②罗克斯伯（Roxburgh），苏格兰边界历史悠久的一个民间教区。
③罗伊斯顿（Royston），位于英格兰南部北哈德福郡（North Hertfordshire）的民政教区。
④鲁吉利（Rugeley），位于英格兰中部斯塔福德郡（Staffordshire）的小镇。

里·苏利文照片的问题。但却在这个过程中意外地了解到了另一件让我汗毛竖起的事。汤姆·克罗利的外套的内衬上有个洞。那个女孩想为他缝补。"

莫莉突然坐直了身子,差点被我的烟斗烫到脸颊。

"这也被记录在了手记里,"H.M.说,"那个老家伙忠实而无辜地按时间顺序记载了他们俩前一晚的聊天。

"但这让我有些惊讶。还有另一个证据能证明,那个实施了谋杀并且在受害人的车旁哭得像个孩子的人,就是那个可怜、盲目而疯狂的家伙。接下来,没过多久,就是尘埃落定的时刻。

"我的整个案件推理——整个该死的案件推理——都是基于这样一个假设,那就是瑞塔和巴里是打算带上亚历克·韦恩莱特的钻石私奔去美国。这个计划由钻石构成,为钻石而生。然后我们上楼,去了卧室,打开了那个象牙首饰盒。钻石千真万确存在着,加倍地闪耀着。有那么一瞬间,我必须承认,我这老头子确实昏了头脑。"

"我依然不明白那些钻石是怎么回事,"我像记者一样问道,"是它们在审讯中扭转了局面。这里的人们依然坚定地相信这是一起协定自杀。如果钻石还在的话……"

"哦,我的孩子!"H.M.说,"你难道还不明白,钻石之所以在,是因为有人把它们还了回来?"

说到这里,他向前弯了弯身体。

"那么亚历克·韦恩莱特呢?他对此难道没有什么要说的吗?"

莫莉看着地板。"韦恩莱特教授从这里搬走了,他什么都没说。本来他的朋友就只有卢克医生一个人。他——我觉得他已经对那场悲剧释怀了,但他无法熬过战争。"

"在那个被再三讲述的星期六晚上,卢克医生发现那些脚印后,亚历克便匆忙跑上了楼去查看瑞塔的衣服和钻石是否还在。你明白吗?"H.M.皱着眉头,露出可怕的表情,"他发现了衣服,但他打开盒子的时候没有看见钻石。所以他拿着那把小钥匙下了楼。接下来,那把钥匙就开始了一趟奇妙而充满意义的历险。

"韦恩莱特晕倒后,卢克医生大脑一片空白,将钥匙塞在了自己的口袋里带走了。当他第二天早上又想起来的时候,你记得他做了什么吗?他把它交给了……"

"汤姆,"莫莉提供了回答,"卢克医生自己告诉我的。"

"给了汤姆,没错。请汤姆将它还给亚历克。汤姆也确实这么做了,因为我们发现钥匙的时候,它在亚历克手里。但这还不是最迷人或者说最古怪的部分。

"'休憩之地'当时的情景是怎样的呢?有两位护士——一位日间护士,一位夜间护士,从星期六半夜就开始分秒不离地陪在亚历克·韦恩莱特身边。汤姆直到有护士值班的星期日早上才把钥匙还回去。

"如果某人——凶手——把钻石放回了盒子,那必定是发生在星期日早上到星期二下午之间。会是谁呢?说到这里,我们就要看看几位护士的证词了,尽管这些证词乍一听会让人觉得十分沮丧,可深究下去就会发现它们暗藏玄机。护士们说,从白天到黑夜都没有人,完全没有人,曾踏足这间病房。饶了我吧,克拉夫特和我对此可是深有感触,他们连警察都不让进。

"但当护士们说'没有人'的时候,她们自然不会把来问诊的医生算进去。因为,如我们所知,卢克医生和汤姆医生每天都会去看望亚历克两次。如果除了医生以外没人去过那里,那么还回钻石的人就肯定是医生了。"

"这难道不是很简单的推导吗？"

"不能再简单了。唯一一种能让护士有胆量将情况如此岌岌可危的病人独自留在病房的情况是怎样的呢？那就是，医生要求她出去做些什么事，由他来照看的时候。

"汤姆·克罗利知道亚历克·韦恩莱特快要破产了，几乎就快到无法果腹的地步。为什么？因为卢克医生告诉了他一切——看看手记——那就在卢克医生和亚历克星期六早上安排当晚聚会的那段对话里。

"汤姆喜欢亚历克。他同样也感觉到了自己熊熊燃烧的罪恶感。他不是什么色魔或怪物，他只是个被瑞塔·韦恩莱特搞得魂不守舍的三十五岁的暴躁小伙子。他根本不在乎钱——克拉夫特警长也能证明这一点——他比他父亲还不在乎。他在'海盗之穴'杀掉他们俩后，从行李里偷出的那价值五千或者六千镑的钻石，对他来说根本毫无用处。

"可那位丈夫需要它们，所以他不能就这么把钻石和其他行李一起扔到海里，于是他还了回来。它们被带走的时候，并没有被装在那些蓝色丝绒盒里，如果我没猜错的话：瑞塔是将它们散装带走的。所以汤姆只需要将它们装到自己的口袋里，让护士出去做些什么，用钥匙打开那个象牙盒，将它们分别装进小盒子里。结束。

"但你现在就能明白，我为何说汤姆·克罗利是唯一的嫌疑人了吧。因为从证据来看，他是唯一一个能归还钻石的人。有任何反对意见吗？"

没有反对意见。

莫莉再次站起来，去向壁炉的另一边，盘腿坐了下来。火越烧越旺，就在此刻，一根被烧得噼啪作响的柴火让莫莉的脸变成了粉红色，火势大到她不得不挡着眼睛，火光照亮了这间石墙画室的每个角落。

H.M.怅然若失地说。

"圣艾夫斯①，索尔塔什②，"他咕哝道，"斯嘉堡③，斯肯索普④，塞奇高沼⑤，绍森德⑥，萨顿科尔菲尔德⑦……那个艾什弗德⑧女孩是在那里淹死的。"

我不得不对这番胡言乱语表示抗议，不管它代表着什么。

"听着，大师……"我开始说道。他没给我继续说下去的机会。

"你现在，"他带着一脸邪恶的表情说，这个表情让我们俩都安静了下来，可以自己去填充细节了。瑞塔那位常常去贝克桥路画室幽会的神秘男友，正是汤姆·克罗利。"

"他就是——"H.M.看着莫莉，"在那个四月的下午，瑞塔哭着从画室走向她的汽车时你差点看到的家伙。那之后，你是如何形容她的？"他拿起手记，翻找着，"她看起来仪容凌乱，表情疯狂，一副痛苦的模样，好像她从来都不曾快乐过一样。"

"她当然不快乐了。汤姆又不是什么英俊的人——贝拉·苏利文曾经叫他丑陋的那什么的孩子。但我想，在她遇到让她心潮澎湃的巴里·苏利文前，他们俩相处得十分和谐。"

---

① 圣艾夫斯（St.Ives），位于英格兰西南部康沃尔郡（Cornwall）的小镇。
② 索尔塔什（Saltash），位于英格兰西南部康沃尔郡（Cornwall）的民政教区。
③ 斯嘉堡（Scarborough），位于英格兰北部北约克郡（North Yorkshire）的小镇
④ 斯肯索普（Scunthorpe），位于英格兰东部北林肯郡（North Linconshire）的城市，被誉为"工业花园城"。
⑤ 塞奇高沼（Sedgemoor），位于英格兰西南部萨默塞特郡（Somersetshire）的地区。
⑥ 绍森德（Southend），位于英格兰东南部埃塞克斯郡（Essex）的小镇。
⑦ 萨顿科尔菲尔德（Sutton Coldfield），位于英格兰中部华威郡（Warwickshire）的小镇。
⑧ 艾什弗德（Ashford），位于英格兰东南部肯特郡（Kent）的小镇。

"所以说她当时的确如殉难般痛苦。他则挣扎着站在一旁,看着她对苏利文的迷恋渐长,自己却不知所措。这一切,都在五月底到了爆发的时刻,瑞塔在他撕心裂肺的时候来到汤姆身边寻求他的怜悯,并告诉他,她想要一份护照推荐信以便与苏利文远走高飞。

"这毁了一切。

"他很容易就能让她讲出整个故事。你难道看不出来吗,要以某种特定的方式去骗过瑞塔·韦恩莱特这种轻浮、浪漫又爱幻想的女人,并不难。汤姆如果对她说:'是的,小姑娘,我愿意把你让给一个更好的男人,上帝保佑你。'一切便正中瑞塔下怀。"

莫莉紧闭双唇。

"没错。"莫莉短促说道。

"那就是一直以来她丈夫对待她的方式,"H.M.继续道,"直到最后,她眼里会充满感激的泪水,她会给汤姆一个纯洁的吻,并告诉他,他是个多么高尚的人。但他并不高尚。噢,我的天哪,不。他只是个凡夫俗子,只是有一点疯狂。

"他掌握了他们计划中的一切,那个与碾轧机有关的计划,他们将在何日、何地、何时行动。为何不告诉他呢?他可是位能为他们牺牲自己的朋友啊。在这个地区,汤姆医生半夜出门也不会引来任何怀疑:一个乡村医生的工作方式正是如此。

"星期六晚上某时——我们无法断定具体时间,但一定是凌晨一点前——他开车去向贝克桥路,将车停在那里。他徒步走向隧道通往'海盗之穴'的入口,沿着隧道走下去,身后藏了一把偷来的枪。他是来告别的。

"他发现那两人刚刚游上来,换好衣服。他们没有什么要怀疑他的理由。他们都屏住呼吸，渴望着新的生活。他为了抵御枪的后坐力，戴了一只手套。也许他的脸色有些苍白，但在烛光下他们根本不会注意到。他笔直地走向瑞塔，近身对准她的心脏开了枪。苏利文那时一定瘫软到无法动弹，接着，也感受到了心口上的枪击。"

H.M.顿了顿。

我在想象中听到了枪响的回声。

"汤姆将尸体滚入海中。然后扔掉行李，一切，除了钻石和护照。没有个人标记的衣服是没什么所谓，但护照就太过危险了。他将它们带走。却忘了被他们藏在那看不见的洞穴缝隙里的泳衣，他也没找到其中一颗被射出的弹壳。然后，他把枪放回口袋，回到车上。"

我打断道。

"但他为什么要把枪带走呢？为什么不随尸体一起扔进海里呢？"

H.M.跃过镜片看向我。

"噢，我的孩子！如果尸体没被找到的话，他们本该是被认为在'爱人之跃'的边缘自杀的对吗？嗯？"

"没错。"

"但钢制自动手枪有个讨人厌的地方，那就是它浮不起来。如果他打算把它扔到海里的话，他必须要扔到'爱人之跃'附近的海域，而不是半英里之外。这也正是他运气不够好的地方，正是那个东西给了他沉重一击。同是那天晚上，或许是在他正要上车的时候，那把枪从他口袋里滑了出来。他当时正处在沮丧和战栗之中，根本没有发觉。"

H.M.拿出一根雪茄，用手指将它翻了个个。

"然后嘛……他接下来要做的就是处理掉苏利文的车。但他不敢晚上去做，因为不久后，道路上便将遍布警察，他不能离家太久。

"他从来不知道，瑞塔和苏利文离开的时候，画室的门就那么敞开着，那辆车就在大家眼皮底下。然后，次日下午，贝拉·苏利文带着狂风暴雨般的气势赶来，并在此逗留。汤姆那晚来取车的时候已是满怀悔恨，几乎要失去理智，然后便发生了沼泽事件。

"毫无疑问，他将自己的车开到他打算处理车的那块沼泽地旁，然后走回另一辆车边。当他看到车后座有个女孩尖叫着出现的时候，一定被吓到僵硬。

"顺便一提，你们全部都在滔滔不绝地猜测，有谁了解埃克斯穆尔到知道去哪里处理一辆车这种程度？克拉夫特怀疑是卢克医生；而卢克医生，年轻人，则怀疑是你。可是似乎根本没有人想到，如果父亲是由于工作的缘故熟悉埃克斯穆尔的话，那他的儿子亦然。

"然后，贝拉·苏利文跳上岸并昏了过去。汤姆不知道该如何是好。良心折磨着他，让他精神错乱。他不能再冒险去制造麻烦了。他在黑灯瞎火中做了一切，所以即便她再次见到他，也肯定认不出。

"但他能拿她怎么办呢？要是告诉别人是他'找到'了她，肯定就不得不全盘托出他为何来到这离主路甚远的地方，这或许会让大家不禁好奇他为何会出现在这附近。所以他把她塞进自己的车里，带回画室。他把她留在楼上的房间里——由于先前的幽会经历，他有这个房间的钥匙——她在这里至少有张床能躺。他把她锁了起来，并期待她醒来的时候会有足够明晰的判断力，能自己从门槛下摸索出钥匙并插进去，离开这里。

"可是她没有。她也失去理智了。

"第二天，发现昨天那个女孩成了自家的客人时，他一定吓了一大跳。

"有趣的是，卢克医生对此一无所知。'汤姆，'他说，'很喜欢她。他甚至比平常说教得更猛，更让人难以忍受。'说教？难以忍受？他是吓坏了。听听他的语气！看他畏缩的样子，这位老兄能边吃面包黄油边给你描述验尸细节，可听到贝拉谈论瑞塔·韦恩莱特伤势的时候，却被吓得口干舌燥。

"这下，一切都在提醒着汤姆要再去一次'海盗之穴'，确保那颗丢失的弹壳不被别人发现。这时（让我再重复一次）他已经过了那个纯粹的悔恨阶段，而是担心起自己来了。

"一、他们找到尸体了。二、他们找到枪了。三、警察怀疑现场有假。如果这时候，再有什么他留在洞穴里的小东西被发现的话，那他就自身难保了。

"但他不能星期一晚上去。为什么？因为他们有位客人——贝拉·苏利文——让他们折腾到很晚。即便她喝下安眠药睡过去了，父亲也肯定会辗转反侧，彻夜无眠。汤姆不能去。那就只能是星期二晚上了，审讯前一晚。

"我不清楚汤姆从哪里弄来了第二把枪。斗胆猜一下的话，我想他是费劲给自己弄了很多把能从中选择。还有，就像莫莉的父亲说的那样，枪这玩意儿现在到处都是，就像醋栗一样常见。那晚，去向'海盗之穴'时，他瞋目切齿，意图明确。"

莫莉把短裙裙摆拉下膝盖，大声反驳着。

"汤姆·克罗利，"她说，"是断然不会对自己父亲开枪的吧？"

"呵呵，"H.M.笑了一下，那笑声是如此令人毛骨悚然，如果旁边有小孩，一定会被吓跑，"但他万万没有想到，那就是他的父亲。"

"如果说父亲曾误解过儿子，现在也来看看，这位儿子是如何误解父亲的。人们都说，这一切发生在众人眼中最好的家庭。对汤姆医生来说，卢克医生是个步履蹒跚的老人，他该做的，就是躺着，晒太阳，呼吸。他因为不好好喝粥而被教训。"H.M.的表情逐渐愤怒起来，"他的老父亲可以说是汤姆最意想不到的，会在任何地方——尤其是凌晨一点钟的洞穴里能碰到的人。

"他借着微弱烛光从远处看到的是一个驼背的男人，一手拿着一件泳衣。他的确猜对了，会有人来。因为他看到有车停在路边，即便他没能走近看清车牌号码。"

"然后呢？"

"汤姆彻底失去了理智。他乱打了几枪，什么都没打中。但还是让那个人跪在了地上。靠海的入口，月光倾泻而入。"

"现在，"H.M.用强调的语气庄重地说，"要回到我身上了。"

他的手指捻着雪茄已有一段时间。这时，他终于将它放入嘴中，并暗示着希望雪茄能被点着。于是我从火中拿出一根燃烧着的枝条（也许太大了），十分有礼地伸向他脸所在的方向。

这个举动也许是不够明智的，因为这引得他大发雷霆地质问我，是不是觉得自己像一个该死的驯兽师，并暗示说，我平常一定是用燃烧弹去点燃灶火的。还是莫莉让他再次放松下来。

"星期二下午，当我们发现那些钻石回到了盒子里的时候，"他终于被说服继续讲述起来，"那一刻，一切伪装都被撕开了。毫无疑问，汤姆·克罗利就是我们要找的那个人。

"直到那时，我都还不绝对确定。我依然不明白瑞塔和苏利文是如何飘浮起来的。但那天傍晚早些时候，当我们去提前支付威利·约翰逊的罚款的时候——毕竟，如果是我的样貌让他以为我是尼禄的话，我又怎么能责怪那可怜的家伙呢？——我听到了关于那碾轧机的说辞。这为一切画上了句点。

"我不是开玩笑，孩子。我吓坏了。

"万物都在可恨而令人厌恶地与我作对的感觉又回来了。这位父亲是我见过最为体面而诚实的老兄。他在着手破案的时候死去了。如果他果真破了案的话，就会发现凶手是他如此引以为傲的儿子。他是那样以他为傲，以至于他每次提到汤姆的时候，你都几乎能听到他胸前扣子崩开的声音。

"去他的，我可不想让你觉得我是在表露任何人道主义的同情。我这人没有任何人情味。呃！"H.M.向前倾着身子，看着我们俩的眼睛说，"但是，贿赂渔船队，让他们，一、帮忙把碾轧机从悬崖脚下弄走；二、从此以后对此闭嘴不谈，的确是个不错的主意。我估计我的余生都要在支付敲诈费中度过了。

"我曾希望医生能不要被这件事的细节缠住。但他还是十分受牵绊。从他三更半夜给我打电话这件事就能看得出来。

"最糟糕的地方在于你们俩在车里亲热到凌晨三点……"

莫莉平静地微笑了一下。

"大师，"我说，"这几个月简直难以忍受，我一直在试着说服这个女孩放弃她那什么的父亲和那什么的原则。我想让她沉浸在波西米亚式生活中，像我一样无拘无束，凌晨三点之前从不入睡。可你知道最后是什么奏效了吗？"

"切。"莫莉说。

"贝拉·苏利文和她的处世哲学。从那个女孩第一次看到她家，说'见鬼？'的时候开始。我听说贝拉最近交了男朋友，我真心祝福她好运。是她成就了一切。"

莫莉再次温和地微笑。

"胡说,"她宣布道,"我问过卢克医生这样行不行,他说没问题,所以我才继续下去的。父亲非常生气。但是,"莫莉补充道,"去他的,要不是为了可怜的老卢克医生……"

H.M.轻声说:"我告诉过你那是场悲剧,我的小姑娘。这件事几乎没有其他可能性。但如果汤姆·克罗利在洞穴里盲目发射子弹时,真的打中了他的父亲的话,它本可能是个更为凄惨的悲剧。

"你就这么把我困在这里,我要诅咒你。我根本无法阻止医生开始调查。当然,他去了哪里我再清楚不过。就像我告诉过你、克拉夫特和医生的那样,自从我来到这个地方,你们就不停地在谈论着那些洞穴。'海盗之穴'似乎十分符合各项条件。

"自从你们这帮家伙试着要把我从悬崖边推下去、并且弄坏了我的马达之后,我的轮椅就不太好用了。所以我只能走路,一步一个脚印地走。当我赶到那里……

"你看到了当时发生的一切,对吗?汤姆在他父亲出门之前偷跑了出去。老克罗利像疯了一样努力要在药力淹没他之前到达'海盗之穴',像他的孩子没有认出父亲一样,他也没有认出汤姆。

"汤姆开出那几枪后,他眼前的那个人影,那个'某人',倒了下去。卢克医生想方设法掏出了一个手电筒。在他再次被药劲放倒之前,看见那束光在自己脸上晃来晃去。

"我到那里已经是很久以后了,我发现汤姆坐在隧道的出口处,神情呆滞。月光照在他身上,他双手抱头。你看,他以为他杀了他的父亲。"

H.M.抽了几口雪茄,却丝毫没有享受的神情。他清了清嗓子。

"我和他一起回到洞穴。卢克医生甚至没有什么擦伤,他只是在安眠药的作用下睡过去了。汤姆没对我说什么。我没说我知道,但他知道我知道。我让他帮忙把他父亲扛回卢克医生的车里,然后赶紧回家,偷偷回去,不要告诉任何人他那晚出过门。"

"可汤姆,"莫莉暗示道,"已经处理掉那颗用过的弹壳和那两件泳衣了吗?"

H.M.吸了吸鼻子。

"这个嘛,没有,"他承认道,"是我处理了它们。我把泳衣扔进了海里,如果它们被海浪冲到了岸上,那么德文郡的道德准则一定会受到冲击——我在他的马甲口袋里找到了弹壳,留了下来。"

"我把老医生带回了家,之后的事,你们都知道了。他从未看清那个拿枪的人到底是谁,他当时太过头晕目眩。感谢上帝,后来他也始终都没能证明那两个人是被谋杀的。"

随之而来的是一阵漫长而令人不适的寂静,我们都在思考着同一件事,却没人敢开口。

"我想您肯定已经听说了……"莫莉开口了。

"关于卢克医生的死……"我说。

"在布里斯托……"

"啊哈,"H.M.说,冲着地面低吼道,脚趾似乎在鞋里扭动,"你知道,我想我感到有些遗憾。"

"他本来只该在那里停留一天,"莫莉口齿清晰地说,"拜访一个朋友。他本来不用留下,根本不必留下。"

至于我,我根本无法与他们对视。

"汤姆,"我说,"在他父亲去世一周后就入伍了。当然了,我们都没想到……"我停了下来,"汤姆现在在利比亚。"

H.M.摇着头。

"不,他没有,孩子。我看报纸了。这正是我要过来的原因。托马斯·L.克罗利被追授了维多利亚十字勋章,这是他们授予勇士的最高赞美。"一阵停顿后,他补充道,"那个家庭里有不少美好的东西,即便他们其中一人是个谋杀犯。"

又是一阵漫长的寂静。

"保罗,"过了一会儿,莫莉开口说道,"下个月也要去了。"

"噢,啊?哪个部门?"

"野战炮兵,大师。我就要穿着迷彩服去面对恶魔了。当然了,还有我们受过打字训练的莫莉……"

"我们都要去向某处,"莫莉说,"或许我们不知道是哪里,或者说所知不多,但我们要去了。您要去哪儿,H.M.?"

H.M.将他的雪茄扔进火中。他向后坐了坐,在他的大肚皮上摆弄着他的拇指,然后嘴角向下弯去。

"我?"他语气悲惨地说,"噢,我不过是要进上议院①罢了。"

再次开口的时候,他的声音带着几分沉思。

"汤顿②,蒂克伯里,特里德,"他说,"塔特索尔,斯拉特伯特,推斯特③。"

"听着,大师!如果你要去上议院的话,真是恭喜——"

"恭喜?"H.M.咆哮道,"那些讨厌的家伙为了让我不再那

---

① 上议院(House of Lords),英国议会的两院之一,议员包括王室后裔、世袭贵族、终身贵族、上诉法院法官和教会大主教及主教。
② 汤顿(Taunton),位于英格兰西南部萨默塞特郡一小镇。
③ 这五个词为T开头的物品、动词或虚构地名,为保留其作为角色自言自语的原意,以读音而非译意形式保留。

么活跃,已经努力了多年。这群奸诈狡猾的臭鼬们终于做到了。他们要把我绑在上议院的下一份荣誉名单上。"

"——但是,"我说,"您念了大半个晚上的这串火车报站名是怎么回事?"

H.M.摆动着他的脑袋。

"我得给自己想个称号,"他抱怨般解释道,"我要告诉他们我想要的称号是什么,我想要的!虚伪的人!……这样他们就可以为我去搞定我的称号了。有你喜欢的吗?"

"蒂克伯里勋爵,"莫莉重复道,"不,我不喜欢这个。"

"我也不喜欢,"H.M.说,"我在试着找一个听上去不那么让我感觉痛苦的称号。把卧室蜡烛给我。我要去睡了。"

我把蜡烛递给他,用与刚才冒着火的柴火相比低调许多的方式点亮了它。烛光照在他的脸上。他似乎正陷在某种我们捉摸不透的奇异情绪中。

"但是,等一下!"他突然喊了出来。用一根手指恶狠狠地指向我,"我一定会为这个该死的国家做些什么的。你就等着瞧吧!"

他咳嗽了几声,用怀疑的眼光打量着我们,然后将烛光从面前移开。他脚步笨拙地走过大厅,走向自己的房间,而我们依然能听到他自言自语地念着那些名字。

SHE DIED A LADY ©John Dickson Carr, 1943
Simplified Chinese edition copyright: 2022 New Star Press Co., Ltd.
All rights reserved.

图书在版编目（CIP）数据

女郎她死了／（美）约翰·迪克森·卡尔著；王雪妍译. ——北京：新星出版社，2021.12（2022.7重印）

ISBN 978-7-5133-4488-3

Ⅰ. ①女… Ⅱ. ①约… ②王… Ⅲ. ①推理小说－美国－现代 Ⅳ. ①I712.45

中国版本图书馆 CIP 数据核字（2021）第 230710 号

女郎她死了

[美] 约翰·迪克森·卡尔 著；王雪妍 译

责任编辑：曹晓雅
责任校对：刘 义
责任印制：李珊珊
装帧设计：broussaille私制

出版发行：新星出版社
出 版 人：马汝军
社　　址：北京市西城区车公庄大街丙3号楼　100044
网　　址：www.newstarpress.com
电　　话：010-88310888
传　　真：010-65270449
法律顾问：北京市岳成律师事务所

读者服务：010-88310811　service@newstarpress.com
邮购地址：北京市西城区车公庄大街丙3号楼　100044

印　　刷：北京美图印务有限公司
开　　本：910mm×1230mm　1/32
印　　张：7.25
字　　数：181千字
版　　次：2021年12月第一版　2022年7月第二次印刷
书　　号：ISBN 978-7-5133-4488-3
定　　价：52.00元

版权专有，侵权必究。如有质量问题，请与印刷厂联系调换。